ちっこい俺は巻き込まれたくないっ!
転生したら悪役貴族だったけど、前世の知識と
しゅごい魔法で理想の領地をつくります
JN195982
どまどま
Illust.でんきちひさな

CHARACTERS

ルーフェス

元ゲーム廃人。社畜故過労が
たたって死亡→転生。
一瞬喜ぶも、シナリオでは様々な厄介事に
巻き込まれ破滅することを思い出し、
知識を駆使しなんとか
自由に生きる道を模索する。

シリアン

当代最強の剣聖。幼いながらも
清い国づくりを目指すルーフェスに
感銘を受け一生の忠誠を誓う。
「シリアン大好き」という言葉をルーフェスに
覚えさせようと必死になっている。

みゃお～ん❤
マロ
神獣の赤ちゃん。
捕らえられていたところを
助け仲間となる。
わかった、わかったよ。
私の負けだ。
レザード
ルーフェスの父。王国最大の
貴族家で帝国派に属する。
ゲームでは悪役ポジションだが、
自分の正義を執行できない
葛藤を抱えている。
ルーフェス様の
勇気に触れて
目が覚めました
ニアレ
アルデバラン公爵家の
領土と近い場所に住む伯爵。
ルーフェスのとある行動を
目撃し感銘をうけ….

なにより大事な領民たちだ。
俺がこの手で
守ってみせましゅ！
「わぁあああああ!!!!
可愛い……!!!!」

転生したら悪役貴族だったけど、
前世の知識としゅごい魔法で理想の領地をつくります

どまどま

Illust.
でんきちひさな

目次

最終章　だいしゅきなシリアン

第一章　元ゲーム廃人（八歳）、シナリオ知識を活かして領民を守ってみせましゅ

1

「わわっ……！」

急に寝込みを襲われて、僕は自分でも情けないほどの声を発した。

そのコンマ数秒後、枕が真っ二つに切り裂かれていく。

本能的な危機感を覚えてベッドから転げ落ちたけれど、少しでも判断が遅れていたら、一瞬で命を持っていかれるところだった。

「ちっ……外したか」

いきなり剣を振るってきた謎の刺客が、舌打ちとともに俺を睨みつけてくる。

黒装束。漆黒のフード。そして両手に持つダガー。

「だ、誰……？　家の人じゃないよね……？」

あからさまに怪しいその風貌が、これは遊びでもなんでもないのだと僕に訴えかけてくる。

僕は震える声でそう問いかけるも、刺客は答えない。

「で、出てってよ！　僕にこんなことしたら、パパが黙ってないよ……！」

「ふふ……ルーフェス・アルデバラン。八歳児といえど、その身のこなしはさすが公爵家といったところか」

ローブの下で、謎の刺客がにやりと笑う。

「だが、まぐれもここまでだ。とっとと散るがいい……！」

途端、刺客が消えた。

「え、えっ……！」

突然の事態に、僕は一歩も動くことができなかった。

ダガーが目前に迫ってきているのがちらっと視界に映った。

――死。

その言葉が浮かんできたのと同時、僕の脳裏に不可思議な映像が映し出された。


今から何十年も前、自分は日本という国で暮らしていたこと。

年下の上司にこき使われ続けたせいで、会社のオフィスでばたりと倒れてしまったこと。

生きる喜びさえ見いだせない毎日だったが、そんな自分の唯一の楽しみが、あるアクションRPGだったこと。

同じゲームを百周もするなんて正気ではないが、それでも、当時の自分はそれが楽しかったこと。

来世はこのゲーム世界で暮らして、自由気ままに生きていきたい。

そんなことを考えながら、三十六年という人生の幕を閉じたこと。

あれ？　待てよ。

もしかしなくてもこの世界、俺が前に徹底的にやり込んだゲームと同じじゃないか？

ルーフェス・アルデバランといえば、たしかそのゲーム――《零魔の刻》に登場したキャラクターと名前がぴたり一致する。

「死ね。愚かなる帝国派貴族よ！」

そして《零魔の刻》といえば、高度な瞬発力が求められるゲーム。

相手の動きを見て、次はどんな攻撃を行ってくるのか……。それを咄嗟に判断した上で、適切な行動を取っていくアクションRPGだった。

だから今の俺にとって、刺客がどんな攻撃を仕掛けてくるのか、もはや見なくてもわかる。

「てぃっ……！」

俺は咄嗟に右手を手刀の形にすると、それを刺客の腕に浴びせた。

「な、なんだと……？」

ピンポイントで腕を叩かれた刺客は、その衝撃でダガーを遠方へと落とす。

それと同時に、俺は大きくバックステップして距離を取ろうとするも――。

……てくてくてく。

八歳児なのでスタイリッシュに距離を引き離すことができず、てくてく歩きで刺客から離れることとなった。

こ、こりゃ駄目だ。

前世では最強装備かつレベルカンストした主人公を操作していたが、今の俺はただの八歳児。本当はこの一撃で相手を気絶させるつもりだったのに、単に武器を吹き飛ばすだけで終わってしまった。

しかもルーフェス・アルデバランって、たしか悪役貴族の息子だった気がするんだが……。どうしてこんな不遇な転生を果たしてしまったんだ。自由気ままな生活とは程遠いじゃないか。

「お、おのれ……。ガキの分際で調子に乗るなよ！」

刺客は懐からもう一本のダガーを取り出すと、瞬時に俺へと距離を詰めてきた。速い。

大勢雇われている刺客のなかでも、おそらく上位にあたる実力者なのだろう。

しかし《零魔の刻》において、こいつははっきり言ってザコキャラもいいところ。攻撃を避けること自体は簡単だった。

「うおおおおおおおっ！　くたばれ！　死ね！　消えてなくなれッ！」

「はぁ……。なんでルーフェスなんかに転生してしまったんだろ」

手癖で刺客の攻撃を避けながら、俺はゲームの世界観を改めて思い出す。

ここはリィスティア王国と呼ばれる小国。

二つの大国に挟まれているせいで、その二大国に取り込まれようとしている設定だったと記憶している。

大陸一の武力を誇るエルドシア帝国。

大陸一の人口を誇るヴァンド共和国。

この二大国が、ここリィスティア王国を取り込むためにしのぎを削っている状態だ。

リィスティア王国の民も内心これをよくは思っていないが、もちろん、この二大国には歯が立つはずもない。だから対立するのではなく媚(こび)を売ることで、何とか王国を存続させている形である。

すなわち、エルドシア帝国に与(くみ)する帝国派。

その一方で、ヴァンド共和国に与する共和国派。

リィスティア王国の貴族たちは、それぞれの立場や政治思想によって、この派閥に分かれていたと記憶している。

そして俺が転生したアルデバラン公爵家も、例に漏れず帝国派に属しているんだよな。

いや……属しているというよりかは、帝国派の筆頭であるとも言えるか。

エルドシア帝国に取り入るためだけに、突発的に税金の徴収を増やしたり、領民から多額の食糧を巻き上げて帝国に献上したり……まあ色々とひどいことをしている。

そのくせ、帝国貴族が領内で横暴を働いたとしても、基本的に見て見ぬフリだからな。

だから《零魔の刻》においても、アルデバラン公爵家は悪役ポジション。

そんな悪役を倒すために立ち上がったのが――ゲームの主人公となるディシア・カルバーズだ。

彼女はかなり正義感の強い女性なんだよな。

出自は平凡なれど、王国の現状に異を唱えるべく、たった一人で貴族たちの不正に抗い続け――やがては主人公の頑張りが、リィスティア王国のみならず、大陸全土にまで広がっていく。

そして世界を牛耳っていた秘密組織とも対立し、ゲームクリアと同時に各地に平和が訪れる。

まあ他にも語りたいことは沢山あるんだが、ざっくばらんに説明するとこんな感じの世直しゲームだ。

こうして夜な夜な刺客が送られてきているのも、この家が共和国派から恨まれているためであり――。

しかもそのせいで、俺ことルーフェス・アルデバランも殺されてしまうシナリオになってるんだよな。

つまり俺は、生まれた時点で死ぬことが運命づけられているキャラクター。

いくら慣れ親しんだゲーム世界に転生したといっても、これでは自由気ままな生活など望むべくもない。

「うおおおおおおおお！　ぜぇぜぇ……き、消えろ！　し、死んでしまえ、ぜぇぜぇ……」

「はぁ……。せめて主人公に転生したかったんだが……」

まあ、前世でも俺は〝主人公〟とは程遠い人生を送ってきた。

苦労しなくても入れる大学に進学して、就活をサボって変なベンチャー企業に身を投じて……。恋人もできたことがなく、続々と結婚していく友人たちに寂寥感を抱く毎日だった。

そんな俺なんかが転生したとて、いいキャラクターに生まれ変われるはずがないんだよな。

悲しいかな、これが紛うことなき現実なのだ。

「うおおおおおおお！　死ねぇ、さっさと死ねぇ！」

「はぁ……。さっきからうるさいよ、君」

刺客は汗だくになりながら剣を振り下ろしてくるが、しかし俺はこの動きを何百回と見てきている。いかにこの身体が八歳児だといえど、手癖で避けるのは容易だった。

――そうか、俺にはこれがあるじゃないか。

転生した先がいかに悪役貴族だったとて、俺には前世で徹底的にゲームをやり込んだ知識と経験がある。これさえあれば、いかに不遇キャラクターとて、思うままに生きていくことができるかもしれない。

何よりも、誰かのために生き続けるのはもうまっぴらだった。

今生こそ俺は、俺自身の人生を謳歌していきたい。

「死ね！　死ねぇぇぇぇぇぇぇぇええ！」

その意味では、この刺客は実によい機会を俺にもたらしてくれた。

俺ことルーフェス・アルデバランは、長いこと親に甘やかされて生きてきたからな。戦闘の機会なんてほとんどなかったし、ルーフェス自身も戦いに興味を示さなかった。

だからこそ、これは絶好の機会と言えるだろう。

前世の知識が、果たして今生でも通用するかどうか――それを確かめることができるのだから。

「えっと……。魔法を発動するには、どうすればいいんだっけ」

刺客の攻撃を避け続けながら、俺は《零魔の刻》での記憶を辿っていく。

アルデバラン公爵家といえば、剣よりも魔法の才能に特化しているという設定だったからな。

八歳児ではたいした腕力も発揮できないし、その意味でも魔法での攻撃が打ってつけだろう。

唯一の問題は、俺自身に魔法の使い方がわからないこと。

当然、ゲームプレイ時はコマンド入力で戦闘を進めていたからな。今はコントローラーでキャラを操作しているわけじゃないので、魔法の使い方がわからない。

――いいかディシア。魔法を使うには、体内を巡る魔力をうまく操作することが重要だ。魔法使用時に放出される魔力が大きいほど、その威力も強大になる――

――体内に残留している魔力は生まれつき異なる。もちろん修行によって魔力が増えることもあるが、その多くは才能によるものだ。例えばアルデバラン公爵家の者は、代々強大な魔力を有する家系として知られている――


「ふむ……たしかこんな感じだったな」

ゲーム内に登場してきた魔術師キャラのセリフを、俺は脳裏に思い起こした。

長ったらしい説明ではあるが、そこはゲームを百周した身。仕事の覚えは悪かった俺だが、ゲームであれば抜群の記憶力を発揮できる。

「え～と、体内に巡る魔力を操作するにはどうするんだ……？」

やはり魔法を使ったことのない俺には、そのへんの感覚はわからない。

だが――なんと表現するべきだろうか。

言われてみればたしかに、俺の全身に得体の知れないエネルギーが巡っている感じはある。

そしてそのエネルギーが、俺の意思によって体内を移動できることも。

もちろんこれは日本に住んでいた時にはなかった感覚。

仮にこのエネルギーっぽいものが魔力だとすれば、後はこれを右手に集約させて、一気にぶっ放せばいいということだろうか。

「う～ん、しかしいきなり全力で魔法をぶっ放すのは危険かもなぁ……」

「な、何をさっきからごちゃごちゃと言っている！」

痺れを切らしたのか、刺客が怒りをあらわに薙ぎ払い攻撃を放ってくる。

だが当然、この攻撃パターンも前世で親の顔より見てきたからな。

迫りくるダガーを俺は紙一重で躱すと、右手を前方に突き出し、初級魔法として知られるウィンドを放ってみることにした。

文字通り、微弱な風を発生させるだけのお手軽魔法だ。

だから刺客を倒すには至らないはずだが、大事なのは今の俺が魔法を使えるかどうか、これである。

ふわっ、と。

果たして俺の右手からは、弱々しいながらも微風が吹き出してきた。

「お、おおおおおおおお…………！」

やばい。

これはやばい。

オタクであろうがなかろうが、ゲームのように魔法を使用するのって、一種の憧れだよな。

アニメのようなポーズをとってビームを出そうとしてみたり、ゲームの長ったらしい詠唱を唱えてみたり、きっと三人に一人はこういうことしてると思う。知らんけど。

「は……ははは……」

こんなふうに感動している俺を見て、刺客は何を思ったのだろう。

さっきまではやや焦りぎみな表情だったが、今のウィンドを見て、小馬鹿にしたように笑い出した。

「そうだ、そうだよな。いくらアルデバラン公爵家の者といえど、おまえはまだガキだ。たかだかウィンドを放つだけで精一杯だよな」

「そんなことないさ。これだけでも俺にとっちゃ感動なんだよ」

「おうおう、そうだろうよ。それがガキの限界ってもんだ」

刺客はそう言ってにやりと笑うと、再びタガーの切っ先を俺に仕向けてきた。

「さあ、お遊びはここまでだ。さっさとくたばっちまいな！」

今のでやる気を取り戻したのだろう。

さっきまでとは比較にならないスピードで、刺客が俺に距離を詰めてくる。

当然ながら、今回のウィンドは〝魔法の試し打ち〟をしただけに過ぎない。よって次は、より高威力の魔法を使おうとするも――。

「そこまでだ！　怪しき者よ！」

ふいに新たな人物が、俺の寝室のドアから飛び出してきた。

――シリアン・ユーシアス。

ここアルデバラン公爵家に仕えている凄腕の剣士で、その圧倒的実力から〝剣聖〟と呼ばれているんだったか。

《零魔の刻》の本編では登場回数が少なかったが、その後に発売された外伝では、あまりに強すぎるゆえに初見殺しにあったプレイヤーが後を絶たなかったという。

年齢も二十一歳で、絶世の美女と言えるくらいの美貌を誇っているんだけどな。

腰まで伸びた栗色（くりいろ）のロングヘアに、柔和そうな翡翠（ひすい）の瞳、緑を基調としたマント。その見た目からはあまり想像がつかないが、あまりにもぶっ飛んだ強さから、廃人プレイヤーからも恐れられている存在だった。

……というか、すごいよな。

刺客もできるだけ気配を出さないように戦っていたし、なるべく物音を立てないように気遣っていた。この部屋は防音性能に長けているので、刺客の声は室外に漏れていないはずだしな。

それを見破ってここまで辿り着くとは、さすがは剣聖と呼ばれるだけあるということか。

「ぐっ、剣聖シリアンか……‼」

さしもの刺客も、彼女の登場には動揺せざるをえなかったのだろう。

「仕方あるまい。せめて標的（ルーフェス）だけはこの手で……！」

なかば自棄になった表情で、俺へダガーを振り下ろしてくる。

今までの戦闘でやや動きが鈍くなっているが、それでも、八歳児たる俺の首を掻っ切るには充分なパワーを秘めているだろう。

「そうはさせるか……！」

しかしシリアンのほうもさすがの反応速度だ。

ダガーが俺に触れるよりも早く、刺客の攻撃を防ごうとしてくるが――。

「………？　ルーフェス、様……？」

俺がシリアンに視線を送ると、戸惑ったようにその動きを止めた。

彼女の助太刀はありがたいが、ここで刺客を倒されてしまうと、せっかくの〝魔法を試し打ちするチャンス〟を失ってしまう。

繰り返しになるが、《零魔の刻》のシナリオ上、ルーフェスはすぐに死亡するキャラだったからな。少しでも戦闘の経験を積んでおかないと、今後襲い掛かってくる（かもしれない）苦難に対処することができない。

それに、これはオタクにとって最高のロマンだもんな。

ゲーム世界に転生して、自分の意思で魔法をぶっ放すというのは。

「おおおおおっ！　死ねぇぇぇぇええええ……！」

横一文字に振り払われてきたダガーを、俺はひょいと最小限の動きで回避する。

この一撃だけじゃない。

続けて繰り出されてくる攻撃の数々を、俺は軽々と躱してみせた。

「は……？　こ、これは、いったい……？　ルーフェス様……？」

さしもの剣聖もこれは予想外だったのかもしれない。

目を瞬かせて戦いを見守っているが、しかし今の俺には他にやりたいことがある。

「よしっと……」

相手の攻撃を避け続けた俺は、刺客と距離をとったところで気息を整える。

ようやく整った〝魔法の試し打ち〟チャンス。ここでぶっ放してみたい魔法も、すでに決まっている。

「幻魔法、ダークマター」

俺は小声でそう呟くと、突き出した右腕に体内の魔力を集中させた。

魔法に特化したアルデバラン公爵家に生まれたからか、今の俺には、魔法の使い方が無意識のうちにわかる。

高威力技として知られるダークマターをぶっ放すことも、魔法の才に恵まれたルーフェスなら可能だった。

「ぐ、ぐおおおお……！　馬鹿な……！」

刺客の頭上に突如現れた高密度のエネルギーが、容赦なく刺客にのしかかっていく。

さっきまで身軽に動き回っていた刺客が、まったく身動きが取れない様子で這いつくばる。

「信じられん……。この俺が、こんなガキに……」

そこまで言い捨てたところで、とうとう意識を失ったらしいな。

刺客はぐったりその場でうつ伏せになり、微動だにしなくなった。

「ふむ……」

ダークマターといえば、《零魔の刻》のなかでもそこそこ強い魔法として知られていたんだけどな。ゆえに普通なら一瞬で刺客を倒せたはずなんだが、こいつが意識をなくすまでには数秒のラグがあった。

つまりは、まだまだ魔法を使いこなせていないということだ。

強力な技を使ったせいか、少しだけ気怠(けだる)さもあるしな。

繰り返しになるが、ルーフェス・アルデバランは共和国派から命を狙われている身。この世界で無事に生き残っていくためには、より魔法を使いこなせるようにならなければ難しいだろう。

「はぁ……」

あまりにも前途多難という他ないが、しかし腐っていても仕方ない。幸いにもルーフェスの魔法は他キャラと比べて群を抜いているし、このまま生き残りの道を模索していくしかないだろう。

「し、信じられない……」

と。

さっきまで戦いを見守っていたシリアンが、ぼそりとそう呟いた。

「私から見ても、今の敵はかなりの手練れだったのに……。まさか齢八年にして、その難敵を蹂躙してみせるとは……」

「いやいや、難敵ではないと思うよ？　よく戦うザコじゃん」

「よく戦うザコ⁉　ルーフェス様、今まで何度も死線を潜り抜けてきたというのですか⁉」

「あ～、いや、えっと、そうじゃなくて……はははは……」

まずい。

思わず前世の記憶のままに喋ってしまったが、ここは日本ではなくリィスティア王国。

そして俺は、三十六歳のおっさんではなく八歳児。

考えなしに話してしまっては、のちのち面倒くさいことになるだろう。

だから多少は言動に注意せねばならないが、さりとて今さら八歳児の口調を真似できるとは思えない。それにせっかくの第二の人生で、そんな窮屈に過ごしたいとも思えない。

隠すところはうまく隠しつつ、振る舞いについてはもう自由にやっていくしかないだろう。

「そうじゃなくて、俺も今のままじゃいけないと思ってたんだよ。共和国派と帝国派のしがらみとか、本当に馬鹿らしいだろ？」

「ル、ルーフェス様……」

またも驚いたのか、再び目を丸くするシリアン。

八歳児の発言ではないかもしれないが、ここまでくるともう、取り繕うのも面倒くさい。なまじ《零魔の刻》の知識がありすぎるゆえに、一般的な子どもの知識量が逆にわからないんだよな。

「私としたことが、まるで気づきませんでした……。まさか今の王国に、ルーフェス様のようなお方がいらっしゃったとは……」

そりゃそうだ。

どこの世界にこんなおっさんくさい八歳がいるというのか。

「おそらくですが、もはやルーフェス様は私よりお強いのではないでしょうか。あのダークマターを喰らってしまっては、私もただで生きて帰れるとは思えません」

「いや、さすがに言いすぎだと思うが……」

さっき放ったダークマターは、今思い返してもやはり弱すぎる。

今回はうまく敵を倒せたからいいが、もし今後さらに強い者が襲い掛かってきた時、今の俺では太刀打ちできないだろう。しかもアルデバラン公爵家に生まれてきてしまった以上、幾度となく命の危機に晒されることになるはず。

やはりここは、彼女を味方につけるのが一番安全な策か。

共和国派と帝国派のしがらみをなくし、正しい世界を導いていくことこそが、のんびり安全に生きていくための唯一の道だ。

「シリアン。ここは一つ、頼みがあるんだが……」

俺は彼女の目をまっすぐ見据えると、ゆっくりと次の言葉を紡いだ。

「これから一緒に、正しい国を作る〝てだしゅけ〟をしてほしい」

「………」

一瞬にして空気が固まった。

「い、いや違う。今のは聞かなかったことにしてくれ。てだしゅけ、違う、手助けって言いたかったんだ」

まずい。

子どもに転生したからか、おっさんだった時と比べてうまく発音できない。特にサ行を正しく発することができず、どうしても幼い噛み方をしてしまう。

転生したら滑舌が悪くなってましたとか、そんな悲しいことあるか？

「はぁぁぁぁあ…………！」

そして当のシリアンといえば、なぜか顔を真っ赤にして悶えていた。

「うんうん、もちろんですよルーフェス様！　私たちと一緒に、正しいお国を作っていきましょうね‼」

「ち、違うぞシリアン。俺は本気だ。本気でリィスティア王国を正しい方向に導いていきたいと思ってるんだぞ！」

「はい、もちろんわかってますって！」

シリアンはそう言ってにっこり笑うと、軽々と俺を持ち上げた。

俗に言う〝抱っこ〟というやつだ。

「お、おいっ……！　持ち上げるな！」

「ルーフェス様がそうおっしゃるのなら、私はルーフェス様の専属護衛になりますからね！　いつでもお申し付けください」

すりすりすり。

ほっぺ同士をこすりあわせられ、俺は思わず「や、やめろ……！」と叫んでしまった。

「ふ、ふざけりゅなよシリアン。俺は公爵家だぞ。子ども扱いするんじゃない……っ‼」

「駄目ですよ。いくらお強いからといっても、ルーフェス様はまだ八歳なのです。あんまり無理しすぎず、遠慮なく私を頼ってくださいね？」

「く、くそ……！　やめろ、やめろぉぉぉぉぉおお……！」

その後もシリアンにほっぺすりすりされ、俺は悲鳴をあげる他なかった。

2

私——シリアン・ユーシアスは、今のリィスティア王国に深い絶望感を抱いていた。

エルドシア帝国を支持する帝国派と、そしてヴァンド共和国を支持する共和国派。

貴族たちは主にこの二勢力に分かれており、両国へ取り入っていくことしか考えていない。

自分たちの保身を最も重視しているため、王国をよりよき未来に導こうとする貴族など、私は見かけたこともなかった。

私が絶望しているのはこの点にある。

ここリィスティア王国では、はるか昔から不可解な事件が多発している。

共和国近辺を運航していた船がなぜか帰ってこなかったり、帝国沿いにある街では、なぜか行方不明者が続出していたり。

あまりにも不可思議なことだが、王国軍や冒険者ギルドは、これを「事件性なし」として結論付けている。帝国沿いの街では今でも若い女性が行方不明になっているのに、それについて調べようともしないのだ。

その理由は単純明快。帝国及び共和国に媚を売るためだ。

この二大国と比べれば、リィスティア王国の国力など皆無も同然。

武力の面においてはまずもって敵わないし、何より深刻なのは食糧問題だろう。リィスティア王国の土地はそもそも貧弱であるがゆえに、二大国からの輸入に頼っている部分が大きい。つまり二大国との関係が悪化してしまえば、二つの意味で王国が危機に陥ってしまう状況だった。

それゆえに貴族たちは両国に媚を売っている状態であり――私はこの状況を変えたかった。

今のリィスティア王国が微妙な立ち位置にいるのはわかっている。

考えなしに二大国と対立したとて、自国民を苦しませるだけなのもわかっている。

それでも、私は今の王国が許せなかった。

大勢の王国民が謎の死を遂げたのに、圧力に屈して捜査もしないで。今でも多くの女性が行方不明になっているのに、それを防ごうともしないで。

そんな王国を自分の手で変えたくて、私は剣の腕を磨き続けた。

私には政治の世界はわからない。昔から学問は苦手だったので、血眼で勉強したところで、まず間違いなく両国との知能比べには勝てないと考えていた。

だから剣を取った。

がむしゃらに努力し続けていないと、観光船に乗ったきり帰ってこなかった弟に顔向けできないと思ったから。弟の死を「可哀相な事故だ」の一言で済ませた王国が、何より許せなかったから。

それでも、現実とはなんと無情なものか。

血の滲むような修行をして、いつの間にか《剣聖》と呼ばれるようになった。今の私なら少しくらいは王国の役に立てるだろうと思っていたのに——貴族たちは昔から一つも変わっていない。

いや、むしろ悪化していると見るきだろうか。

あまりにも情けない媚の売り方なので、昔これに異を唱える貴族も少数ながら存在していたはずだ。だが今では彼らも消え、もしくは態度を変え、すべての貴族が帝国もしくは共和国を支持している。

みずからの領地で不穏な動きがあったとしても、その原因が二大国によるものだった場合、目を瞑って何もしない。

私はこれに絶望した。

腕前を買われて今はアルデバラン公爵家に仕えているが、この家も帝国の言いなりだ。

王国トップクラスの権力を持つ公爵家がこの調子では、もはや弟の無念を晴らすこともできないか……。

そんな折、異様な光景を目撃することになった。

ルーフェス・アルデバラン。

まだ八歳児であるはずの彼が、自身より格上であるはずの刺客の攻撃を次々避けているのだ。

しかも難度の高い魔法を扱って、その一撃だけで刺客を倒してみせたのだ。

それだけではない。

私にとって何より衝撃的だったのは、まだ八歳にして彼がリィスティア王国の問題点を掴んでいることだ。


――そうじゃなくて、俺も今のままじゃいけないと思ってたんだよ。共和国派と帝国派のしがらみとか、本当に馬鹿らしいだろ？――


この発言を聞いた時、私は全身の血が沸騰するがごとき感動を覚えた。

八歳とは思えぬ落ち着いた言動。世界の裏表さえも知っていそうな風格。そして今の王国を疑問視するがゆえに、私と同じように魔法の特訓をし続けてきたという彼のすべてに。

だからこの時点で、私の心は決まっていた。

私はルーフェス様に一生ついていく。

まだ幼いけれど、この方は王国を……いや、世界の歴史さえをも変えるだろうお方だ。

誰がなんと言おうと、私は絶対、ルーフェス様にお仕えしてみせる。

そう決意を固めた瞬間、彼はこう言ったのだ。

――シリアン。ここは一つ、頼みがあるんだが……――

――これから一緒に、正しい国を作る〝てだしゅけ〟をしてほしい――


この瞬間、私はさっきとは別の意味で全身が熱くなった。

いやだってこれは反則だ。

さっきまで傲岸不遜な態度を取っておきながら、肝心なところで〝てだしゅけ〟とか可愛い噛み方をするなんて。しかもそれが恥ずかしくなったのか、顔を真っ赤にして必死に言い直すなんて。

　可愛くて無理。死ぬ。

そう思った時には、私は思いっきりルーフェス様を抱きかかえていた。

公爵家の息子に対してあまりにも不敬だけれど、もはやそんなことは考えられなくなっていた。数少ない友人が「推しは世界を救う」とか意味不明なことを言っていたが、二十一歳にして、ようやくその気持ちがわかった気がする。


――ふ、ふざけりゅなよシリアン。俺は公爵家だぞ。子ども扱いするんじゃない……っ‼――

こうやって顔真っ赤で叫び続けるルーフェス様もまた、しんどいくらいに可愛かった。

彼もまた私を護衛に選びたがっていたようだが、その質問をされる前から、私の心は決まっている。

ルーフェス様はたしかに強いが、現在はまだ八歳児。

身の回りの世話は私がやらなくちゃいけないし、誰かがルーフェス様に襲い掛かってきたら、今度こそ私の剣で追い返す。

ルーフェス様にはもう、誰にも指一本触れさせない。

それが十年前に謎の死を遂げた弟への、弔いになると信じて。

3

「それは昨日までだ！　今日からはもういいんだ‼」

「あら？　ルーフェス様、昨日まで召使いにお着換えさせてもらってたとお聞きしましたが」

「や、やめろ！　やめろって言ってるじゃないか！」

翌朝。

俺とシリアンは今、パジャマの着替えをどうするかで大乱闘を繰り広げていた。

ベッドで足掻き続ける俺と、それを無理やり押さえつけるシリアン。ある意味においては、昨夜より激しい戦いが引き起こされていた。

昨日は恥ずかしい噛み方をしてしまったが、彼女は俺の手助けを快く了承してくれた。

今後は俺を重点的に護衛してくれるだけでなく、身の回りの世話もしてくれるという。

もちろん俺の一存で決められることではないので、これから父に掛け合おうと思っていたのだが――。

さっそく〝身の回りのお世話をする〟ということで、シリアンが急に俺の部屋に突撃してきたのである。召使いに代わって、俺の着替えをするという大義名分を掲げてだ。

「昨日私を勧誘したのはルーフェス様ではありませんか！　さあ、観念なさいっ……！」

「だからこれくらい大丈夫だと言ってるだろ！　俺はもう一人で着替えられる！」

「何をおっしゃるのです！　ノンナさんはいつも時間がかかるって言っておりましたよ！」

ノンナというのは、ここアルデバラン公爵家に仕えている召使いの一人だ。

まったく余計なこと口走りやがって……！

ルーフェスもルーフェスである。八歳にもなって一人で着替えられないって、マジで言ってんのか。もしくは貴族ゆえに甘やかされてきたってことか。

抹殺ルートを回避するためにも、俺はこれから帝国や共和国とのしがらみをなくさないといけないのに。そしてそのためには、威厳ある貴族として認知されることが重要なのに。

にもかかわらず、家では女に着替えさせてもらっているだと……？

ないないないない。絶対ない。

こんな暴挙、許してなるものか……‼

俺は意識を深く研ぎ澄ませると、剣聖の一挙手一投足を観察する。八歳児が相手ということで、彼女は今油断しきっている。この隙を的確に捉えれば、晴れて自分一人で着替えられるようになるはずだ。

（そこだ……！）

俺は目をかっと見開くと、そのままベッド上でくるくる転がり始める。

くっそ、前世使ってたベッドなら、一回転もすれば降りられたんだがな。無駄にベッドがでかいせいで、コロコロと無惨にベッドを転げまわることになってしまった。

だがこれで、シリアンの魔手から逃れることはできた。

後は適当なところに逃げて、一人で着替えられることを証明できれば——。

「ふふ、さすがはルーフェス様。一瞬でも私の隙を捉えるとは、やはり将来有望ですね」

「あ……」

瞬時に目前に立ちふさがってきたシリアンに、俺は絶望する。

そうだ。そうだったわ。

シリアンは最強の剣聖。

他のゲームでも剣帝だとか剣聖だとか似たような設定のキャラクターがいるが、彼女はそれとは比較にならない。《零魔の刻》では悪役アルデバラン家との戦闘シーンで登場するのだが、重度のゲーマーたちを初見殺しに陥れた、恐怖の存在だったのだ。

「捕まえた‼」

「ぐっ………！」

ベッドを転げまわったせいで目がクルクルしている俺を、シリアンはがっちりと抱きしめる。

こうなってしまってはもはや逃れる術はない。か弱い八歳児と最強剣聖が相手では、もはや勝負になっていなかったのだ。

しかも俺が子どもだと思って油断しているのか、がっつり自身の胸に俺の顔をあてがっている。絶対に逃さないための策だろうし、この幼い身体で欲情することはないが、俺の中身が三十オーバーのおっさんだと知ったら、彼女はどう思うだろうか。

「さあ、もう逃げないでくださいね～♪　お姉さんがしっかりと着替えさせてあげますからね♪」

「やめろ……！　やめろぉぉぉぉぉぉおおおおおおお……!!」

思いっきり叫び声をあげたのは、前世を含めても初めてのことかもしれなかった。

「――なるほど。さっきの大声は、無理やり着替えさせられるのが嫌だったからか」

「ええ、そういうことになります父上」

それから三十分後。

書斎の椅子に座り込む父に対し、俺は頬を掻きながらそう答えた。

シリアンの件だけではなく、父には一つ訊ねておきたいことがあったからな。自分からこの書斎を訪れるつもりだったが、まさか父から呼び出されることになろうとは。

その理由はもちろん、さっきの叫び声が原因だ。

「着替えを嫌がる……か。おまえも女を意識し始めたということか？」

「いえ、それには早いのではないでしょうか」

隣で膝をつくシリアンが、なぜか強い眼光でそう言った。

「おそらくですが、着替え係が変わったことで恥ずかしくなっただけだと思います。明確な理由はなくても恥ずかしさを感じるのは、私も幼子の頃よくありましたから」

「ふ、ふむ……。しかしシリアンよ、おまえもおまえだぞ？　本人が嫌がってるのなら、無理して着替える必要もあるまいに」

「それではいけません！　私は一生涯、ルーフェス様についていくと決めたのです!!」

おいおい、一生涯ついてきてほしいとまでは言ってないんだが。

どうしてこんなに俺を気にかけているのか、それがわからない。

「そ、そうか。よくわからないが、明確な目標を持っているのはよいことだな。うんうん」

父もまた、若干引き気味にシリアンの言葉を聞き流していた。

――レザード・アルデバラン。

それが父の名だ。

アルデバラン公爵家の当主であることはもちろん、帝国派において最大権力を持つ者としても知られている。

言い換えればそれは、帝国の悪事を揉み消している筆頭とも言えるな。

若い娘が乱暴されていようと、あからさまな暴力沙汰が起こされようとも、その当人が帝国貴族であった場合には何もしない。つまりは今の腐った王国を作り上げている人間のうち一人だった。

こう考えると悪役キャラのように思えるものの、厳密にはそうではない。

「しかし、メイドがいないと何もできなかったルーフェスがな……。子の成長は早いというが、本当だったようだな」

「そうなんですよ！　昨日なんか、いきなり襲いかかってきた刺客を余裕であしらってたんですッッッ‼」

「ほう、そうかそうか、それはすごい。……しかしシリアンよ、さすがにそれは盛りすぎではないか？」

実際に接してみると意外と話しやすく、極悪人の雰囲気とは程遠い。

性根はむしろ優しい人間なのだと思うが、しかし、いかんせん帝国派のトップという立場があるからな。今の王国の在り方に疑問を抱きつつも、しかし公爵家である以上、安易には動けない……。

こうした板挟みに苦しんでいる男だった。

それが理由なのかはわからないが、年齢的にはまだ三十代前半であるはずが、早くも髪色が失われつつある。前世でも、毎日のように満員電車に揺られているくたびれたサラリーマンが大勢いたが、イメージはあれに近いな。

よくある頑固親父のようなキャラクターではないので、話は通しやすいだろう。

「そ、それで、父上」

片膝をついたままの姿勢で、俺は父の顔を見上げる。

「お願いがあるのですが……私に一つ、領土を分けていただけませんか？」

「む……」

今まで柔和だったレザードの瞳に、鋭い光が宿った。

「今度は何を言うかと思えば、領土が欲しいとは……。本気で言っているのか？」

「はい。フェルリア公爵家の子は、十歳から小さい土地を管轄していると聞きました。よりアルデバラン公爵家を栄えある家系とするためにも、他家よりも早く、私に成長の機会を与えていただきたいのです」

「な、なんだと……？」

俺の言葉に、レザードは大きく目を見開いた。

「おいシリアン、これはおまえが言わせているわけではあるまいな」

「い、いえ……。これは私も初めて聞きました。ルーフェス様、いつの間にご立派になられて……」

「信じられん。八歳にして弁の巧みさと勤勉さを持つとは……。冗談でなく、本当に大きくなったものだな」

いかに帝国派最大の権力者といえど、子は愛しいのだろう。

どこからか取り出したハンカチで、レザードは自身の目元をさっと拭った。

……まあもちろん、実際は勤勉なわけでもなんでもない。

このまま何もせず手をこまねいてしまっては、またいつ刺客が襲い掛かってくるかわからないからな。王国を是正するための第一歩として自分の土地を持ちつつ、さりげなく、シリアンが護衛についていると外部にアピールするのだ。

剣聖たる彼女が傍にいるとなれば、さすがに共和国派も動きにくくなるだろうからな。

昨日の刺客についても、正直シリアンが戦っていれば一秒で昇天していた。また同じ方法で俺の命を狙うのは難しくなるだろう。

このようにして共和国派を牽制しつつ、俺自身の権力も高めていく。

それが今後の基本方針だ。

「……なるほど、そういうことか。新しい領土での護衛役として、剣聖たるシリアンを選んだというわけだな？」

「ええ、そういうことになります」

さすがは公爵家の当主といったところか。

俺から説明するまでもなく、このあたりの事情まで汲み取ってくれたようだな。

「ふむ……。詳しい理由はわからんが、当のシリアンもすっかりルーフェスに心酔している。人心を掌握する術にも長けておるということか……」

レザードはゆっくりと顎鬚をさすりつつ、数分ほど考え込んだ。

俺とシリアンが黙って返答を待ち続けていると、果たしてレザードはさっきの鋭い眼光を俺に向けてきた。

「一つ聞かせてくれ。我がアルデバラン公爵家をより発展させたとして……ルーフェスは、その先に何を望んでいる」

「決まっています。帝国に媚を売るのをやめ、強く自立した、よりよき王国へ導く一助となります。そしてその動きを、共和国派にも広げていきたいと思っています」

シリアンがはっと息を呑んだ。

当然だ。帝国派の筆頭たるレザードに対して、普通ありえない発言なのだから。

「……本気で言っているのか？」

レザードの目つきがより鋭くなった。

「理想論を語るのは結構だが、現実はそう単純な話ではない。リィスティア王国が輸入している穀物の大半は帝国からだし、軍事的な意味合いも大きい。特に今は共和国側が不審な動きを見せている。今のうちに帝国へ恩を売っておくことは、共和国への牽制にも繋がるのだよ。まあ、まだルーフェスには早い話かもしれないが……」

レザードはここで切り上げようとしたが、俺はすかさず父の話に乗る。

「存じています。しかしそれと同時に、帝国と共和国が水面下で手を取り合っている可能性も否定しきれません。実際、両国が裏で親密な関係を結んでいる説も飛び交っているでしょう？」

「……む」

　レザードの瞳がまたも大きく見開かれる。

「だから両国の支配から脱し、自国だけで生き抜いていくつもりだということか？」

「そうです。ただの理想論かもしれませんが、しかしリィスティア王国が生き残るには、これしか道はないと私は思います」

　何より俺は、ここから先のリィスティア王国の未来を知っている。

　かなりの大長編ゆえに詳細は省くが、このまま二大国に媚び続けるだけでは、確実にこの国は地図上から消え去ることになる。そうなってしまっては当然気ままな生活など送れないので、俺はその意味でも、シナリオを変えていかねばならないのだ。

「そうだな、理想論だ。そう簡単に実現できる話じゃない。だが……」

　レザードは親指と人差し指で眉間をつまむと、ふっと笑い出した。

「はは、何を熱くなっているんだ私は。年端もいかぬ息子と、まさかこんな議論を交わすことになろうとは……」

「父上、まだ答えを聞いておりませんが」

「わかった、わかったよ。私の負けだ。お望み通り、シリアンを専属護衛とした上で、おまえに領土を一つ与えることにしよう」

　やった……！

レザードの返答を聞いて、俺は小さくガッツポーズをとった。

思った通りだ。

前述したように、レザードは帝国派筆頭でありながらも、内心では強い葛藤を抱いている。

帝国から離れるべきだとわかってはいつつも、公爵家である手前、そう簡単には行動できない事情があるからな。そうした事情と事情の狭間で、いつも苦しみ続けているキャラクターだった。

だからそこを突けば、きっと心が揺らぐだろうと思って攻め込んだのだが——ビンゴだったようだ。

もちろん、俺は正義の味方になりたいってわけじゃない。

すべては俺の自由気ままな生活を現実のものとするために、利用できるものは利用させてもらうだけだ。百周もやり込んだゲームの世界だし、まあ苦労することはないだろう。たぶん。

「ル、ルーフェス様……」

シリアンも一段と尊敬の眼差しで俺を見つめてくる。

これを狙ったわけじゃないが、彼女はこれから俺の専属護衛になるわけだからな。いい関係を築いておくに越したことはないだろう。

「ありがとうございます、父上」

俺は改めてレザードに頭を下げると、続いての言葉を紡いだ。

「ちなみにですが、いただけるのはどの土地になりましょうか。ここ近辺で私にも任せられる場所といいますと、カッケル荒野あたりでしょうか」

「はは、我が領土の分析も把握済みか。やはり八歳とは思えんが――残念ながらそればかりは見当違いだ。ルーフェスにはジュホウン地方を任せるぞ」

「は……!?」

今度は俺が仰天する番だった。

ジュホウン地方といえば、一言でいえば農作物が豊富に実る土地だ。

もちろんアルデバラン公爵家は他にもよい土地を沢山持っているので、それらと比べれば格は下がる。だが食糧問題を抱えている今の情勢で、まさか八歳児にこんな重要な土地を任せるとは……！

呆気に取られる俺に対し、レザードはにっこりと笑って言った。

「何を驚くことがある。王国を正しき方向に導きたいと言ったのはルーフェスではないか。その輝かしき第一歩となるのが、さびれた荒野では恰好がつかないだろう。…………今の王国を、頼んだぞ」

「ち、父上……」

そうか。

レザードは信じているんだ。

八歳にして政治に目覚めつつある俺が、本当に王国をよい方向に導ける存在となることを。

……本当に、馬鹿だよな。

俺なんて、自分の人生を良くすることしか考えていないのに。これこそが〝親馬鹿〟というものか。前世は家庭を持たずして終わってしまったので、このへんの気持ちはわからないけどな。

まあいい。

レザードが俺を信じてくれるのなら、こちらとしても好都合だ。

今生こそ自由気ままな人生を手に入れるためにも、協力者は多いに越したことはない。

「ええ、お任せください。必ずや私の手で、王国をよい方向へ導いてみせましゅ」

「…………」

ぴくりと固まるレザード。

…………。

……ああ、またか。

またやっちまったのか俺は。

肝心なところで噛むなんて、呪いにでもかけられてるってのかよ。

「いや、あの、大事なところで噛んでしまいましたが、気持ちは本物ですからね父上」

「うむうむ、わかっておるよ。やはり子どもはこうでなくてはな！」

ああ、生暖かい視線が心に痛い。

シリアンもなぜだかうっとりしたような表情を浮かべているし、この微妙な空気に俺は耐えられなかった。

「と、とりあえず話はこれで終わりでしゅ！　今日のお昼にはジュホウン地方に出発しますからね！　いくぞシリアン！」

「はいはい、お姉さんがしっかり守ってあげますからね♪」

「やかましいわっ‼」

このぶんだと、王国を是正していくまでの道のりは相当に険しくなるだろうな。

俺は無意識のうちにそう感じるのだった。

4

ジュホウン地方は、アルデバラン公爵家から馬車で一時間ほどの距離にある。

肥沃な土地が特徴的な場所で、気候も穏やかであることから、農作物が育ちやすいんだよな。

土地の規模はそれほどでもないが、ここで取れる野菜はマジでうまい。キャベツは瑞々しくて甘みを感じられるし、玉ねぎも身が柔らかくて最高だった記憶がある。

もちろん作物だけじゃなくて、温暖な気候を利用した放牧も有名だ。

俺が思う理想の人生には、「うまい飯」をたらふく食うことも含まれているからな。しっかりと脂の乗った肉を食べて、好きなものを好きなだけ食って、今生こそ幸せな人生を満喫していきたいところだ。

そして。

「あ、見えてきましたよルーフェス様。トルトス村です」

そう言いながら、シリアンが辻馬車の小窓を手差しする。

「おお、ついに着いたか……！」

ジュホウン地方のなかで、最も広い土地を有する村。

それがこのトルトス村だった。

家からは二時間ほどかかる村だが、俺がこの一帯を管轄することになった以上、顔出しくらいはしておきたいからな。

だから多少時間がかかったとて、このトルトス村には立ち入っておきたかった。

「ルーフェス様。まず村に到着したら、村長に挨拶するんでしたね」

「ああ。八歳が領主と聞いて、いいイメージを抱く者はいないだろうからな。何とか好印象を与えておきたい」

「ふふ、ルーフェス様なら大丈夫ですよ。可愛いですからね」

「そんな理由だけで人を信用する奴だったら、むしろ俺が信用できないんだが……」

くそ、護衛の人選をミスったか。

実力は本物のはずだが、シリアンの発言、さっきからずれまくってる気がするぞ。

このような会話を繰り広げているうちに、とうとうトルトス村に到着した。出入口には木製の巨大な門があって、その近辺に村長たちが待機してくれているな。俺の来訪を事前に通達しておいたので、出迎えに来てくれたのだろう。

「お待ちしておりましたぞ、ルーフェス様」

馬車を降りると、立派な顎鬚をたくわえた村長が声をかけてきた。

歳は六十代後半くらい。腰は大きく曲がっているものの、それでも毎日のように畑に出向いているという設定だった気がする。まあ生粋（きっすい）の農夫ってわけだな。

「出迎え感謝する」

そしてそんな村長に対しても、俺は口調を崩さない。

日本人だった身からすれば違和感の拭えない光景だが、多くの民衆を率いる公爵家として、強い威厳を保ち続けることはかなり重要だしな。

「まずは今のトルトス村の状況を知りたい。すまないが、村長の家まで案内してもらえるか？」

「ええ、それはもちろんでございます」

村長はそう返答した後、くるりと身を翻して言った。

「ご案内致します。ついてきてくださいませ」

「うん。感謝する」

……それにしても、周囲から突き刺さる視線が痛いな。

うまく表現するのが難しいが、村人全員が、俺を腫物として扱っているような。表向きは敬いつつも、俺を領主として認めていないような。

そんな雰囲気が強く伝わってくる。

特に十代後半くらいの年齢になると、国への反骨精神も芽生えてくるだろうしな。どうしてこんなガキを敬わなくちゃいけないのかと、青年からの強い思いがびんびんに感じられる。

「ここですじゃ」

数分歩いたところで、一際大きな木造住宅に辿り着いた。

なんだろう。田舎のばあちゃんの家を思い出すな、なんとなく。

「何もないところですが、ルーフェス様がお好きな菓子類も用意してあります。どうぞお寛ぎください」

「はは、ありがとう」

そのまま木造住宅の居間に通され、俺はうち一つの椅子に腰かける。

大きなテーブルを椅子が取り囲んでいるだけの、まあよく見る居間って感じだな。

俺の来訪に備えて掃除したようだが、それでも年月による劣化は隠しきれず、壁面や床がところどころ傷んでいるのが見受けられる。

……しかし、困ったな。

気を遣って子ども用の椅子が用意されているが、こんなものに座っては威厳もへったくれもないじゃないか。

しかし大人用の椅子だと座高が足りず、存分に話し合うことができない。

どうしたものか……。

「おい。申し訳ないが、シリアン以外の者はいったん外に出てくれ。今から大事なことをやるのでな」

「はい？　わ、わかりました」

村長はきょとんとした表情で頷くと、同じく役人と思われる人々を伴って外に出る。

急なことで驚いていたようだが、こればかりはやむをえない。初対面の印象作りは何よりも大事なことだと、前世で学んだからな。

よかれと思って謙虚に接していたことが、後輩に舐められ、大事な仕事を奪われ……今生こそ好き勝手に生きたいと俺が決意したのは、多分にそういった側面もある。

「ルーフェス様、いったいどうされたのですか？」

「シリアン。今から俺がやることは、絶対に民衆に広めるんじゃないぞ」

「はい？」

目を点にしているシリアンを放っておいて、俺は大人用の椅子に向かう。

だがやはり座椅子までの位置が高く、座るのに一苦労しそうだった。

「ぐぐぐ……、駄目だ上がれん。シリアン、ちょっと手伝ってくれないか」

「はい、もちろんです♪」

シリアンはにっこり笑うと、俺をひょいと持ち上げ、椅子の座面まで導いてくれた。

「でも、このままだと座高がやや足りませんよ？　大丈夫ですか？」

「くっくっく、それなら問題ない。こうするからな」

そう言うなり、俺は椅子の上で正座をする。

木製の椅子なのでかなり痛いんだが、やはり威厳には代えられないからな。短時間の打ち合わせくらい、この姿勢で凌いでみせよう。

「あら、いいですねルーフェス様。たしかにこれなら威厳も示せそうです」

「微笑ましそうな顔をしてるんじゃない。そんなことより村長たちを呼んできてくれ。俺はこのままだと動けないからな」

「はい、承知しました♪」

シリアンは相変わらずにこにこしながら頷くと、指示通り村長たちを呼んできた。

くっそ、前世で流行っていたアニメやラノベなんかでは、異世界転生した主人公が楽々無双してたのにな。子どもに転生しても、現実は色々と不便なことこの上ないってことか。

「お、おや、ルーフェス様……」

そしてシリアンに呼ばれて姿を現した村長たちは、椅子の上で正座している俺を見て目を丸くした。

「何を戸惑っている。トルトス村の現状について会談をするんじゃなかったか。早く座れ」

「いえ……。そう無理なさらずとも、ルーフェス様用の椅子を用意していたと思いますが……」

「や、やかましい！　俺を子ども扱いするな――じゃなくて、これが貴族流の座り方なのだ！」

「はあ……。さようですか」

一瞬だけ本音が出てしまったが、まあそれは結果オーライ。

村長と役人たちが向かい側の椅子に腰を落ち着け、やっと打ち合わせを始められるようになった。

「それではまず現在の状況からお伝えします。昨年から今年にかけては穏やかな気候が続き、農作物も順調に育っております。またレザード閣下よりご協力いただきました土地の新規開拓も順調に進んでおり、来年にはより多くの作物が実る見込みで――」

時おり手元にある紙に目を移しながら、村長は淡々と報告事項を述べていく。

まあ、こういう時は基本的に耳障りのいいことしか言わないだろうからな。

とりあえず話の内容はしっかりと受け止めつつ、俺は村長や役人たちの表情をつぶさに観察する。

……気のせいかもわからないが、全員から疲弊の色が汲み取れるな。

公爵家の前なので表向きは平静を装っているが、内心ではこの会談自体を面倒くさいと思っているような。前世で言うならば、クソ上司の長ったらしい自慢話を、とりあえず相槌を打って凌ごうとしているかのような。

悲しいかな、前世で同じような人々を見てきた経験から、否が応でもそれが伝わってくるのだ。

しかも村長たちだけでなく、さっきの村人たちも似たような表情を浮かべていたんだよな。

であれば、その状況を解決しないうちは名領主にはなれないだろう。

「ということから、翌々年には我が村だけでなく、地方そのものが一丸となって……」

「だいぶ疲労が溜まっているようだな、村長よ」

「…………へ？」

急に話を遮られた村長が、数秒ほど両目を瞬かせる。

「申し訳ございませんルーフェス様。そのつもりはなかったのですが、不快な気分にさせてしまいましたでしょうか」

「そうではない。おまえを含めた村の全員が、現在の生活に何かしらの不満を抱いているのではないか？　俺はここの領主だ。なぜそれを報告しない」

「いえ……それは……」

「遠慮することはない。建前ではなく、トルトス村をよき方向に導くために俺が訪れたのだ。本音で話せ」

と言われても、実際のところは話しにくいだろうけどな。

でもまあ、レザードが直接問いただすよりも、俺を相手にしたほうがはるかに言いやすいとは思う。子どもに転生するっていうのも一長一短だな。

「…………」

村長はしばらく役人たちと目を合わせ、やはり言い出すべきかどうかを悩んでいるようだったが――。

しかしまあ、よほど深刻な事態なんだろうな。

「今からお話しすることは、決してアルデバラン家やレザード閣下、ルーフェス様を貶めるものではありません。その上で聞いていただきたいのですが……」

と前置きした上で、言いづらそうに村長が言葉を紡いだ。

「現在、ここトルトス村では、帝国の貴族たちが幅を利かせてしまっております。レザード閣下は帝国を支持しておられますから、多少は致し方ないと思いますが、それでもいきすぎているると言いますか……」

「ふむ……」

「つい先日なども、帝国貴族が村の売り物を無賃で取り上げていった始末です。またルーフェス様にはあまり大きい声では言えませんが、若い女性も時おり乱暴されておりまして……。公爵家の立場上あまり大きく出られないのは承知しているものの、できればこの状況を解決していただければと……」

なるほど。

たしかにそれは言い出しにくいよな。

レザードも簡単に解決できる問題ではないだろうし、言うだけ損になるのは目に見えている。

だが、この状況では村人たちの不満が蓄積するのはごく当たり前。

普段は偉そうにしているくせに、帝国を前にすると何もできない軟弱者……そのように思われても仕方ないわけだ。

「一応聞いておきたい。父上はこの状況を知っているのか？」

「ええ。何度かそれとなく報告はしておりますが、しかし状況は変わらずでして……」

ふむ……そうなのか。

そりゃだいぶ帝国にビビっちまってるようだな。

「このようなことを言って申し訳ございません。ルーフェス様が村をよくしたいとお考えになっていることは伝わってきましたので、それを知れただけでも嬉しく思います」

「………いや、さすがに看過できないんじゃないか？　たしかに帝国には強く出られない事情はあるが、裏で事件を揉み消すだけじゃなく、表立って問題を起こしているんだろ？　おまえたちが不満を抱くのも無理はない。俺のほうで強く言っておくことにしよう」

「………え」

さすがに驚いたのだろう。

俺の発言に、村長たちが目をぱちくりとさせる。

「父上の考えも重々承知しているが、俺は帝国と共和国のしがらみをなくしていきたいと考えているんでね。この機会を逃す手はないんだよ」

このまま帝国貴族を放っておいてしまったら、よりエスカレートする可能性も捨てきれない。

自国の領土を占領されでもしたら、それこそ自由気ままな生活からは程遠くなってしまうしな。

それにここで帝国に強く出れば、共和国派からのヘイトも少しは薄まるだろう。

シリアンも専属護衛になったわけだし、これでますます昨日のように刺客から狙われる可能性が低くなるわけだ。つまりそれは、俺の死亡ルートが遠ざかっていくことを意味する。

クックック……我ながら完璧な作戦だな。

おまけに村長たちへ恩も売ることができるし、まさに一石二鳥の行動と言えるだろう。

「驚きました……。ルーフェス様はまだ八歳だと伺っておりますが、なんという成熟した精神の持ち主か……」

そのおかげで、村長もすっかり感動の声を浮かべていたのだが。

「い、いでででででででっ‼」

「⁉　ル、ルーフェス様、どうされましたか？」

急に大声をあげた俺に対し、シリアンが一目散に駆け寄ってきた。

「い、いや心配には及ばない。ちょっと足が痺れ――いや、帝国派からの遠隔魔法が届いてきてな」

「…………っ！　また刺客が訪れたということですか‼」

俺が適当についた嘘を馬鹿正直に信じ、シリアンが周囲を見回す。

「私でさえ悪意が感じ取れない……。よほどの使い手か、もしくは何らかの手段で悪意を消しているのでしょうか」

そう言って超シリアスな表情を浮かべている剣聖。

ごめん。

マジごめん。

嘘つくつもりはなかったんだけど、ここで足が痺れたなんて言ったら、せっかく村人たちが感動していたのが無駄になってしまうからな。

だから咄嗟にしょうもない言い訳がついて出たんだが、みんな思ったより深刻に捉えてしまっているようだ。村長や役人たちも、焦ったように周囲を警戒しているし。

いくら八歳児とはいえ、公爵家の発言。

前世の幼少期とはわけが違うので、これは気をつけないといけないな。

「み、みんなすまん。遠隔魔法も落ち着いたから、これで大丈──」

と、俺がそう言いかけた時だった。

「いやぁぁあああああ！　や、やめてください‼」

あまりにもぴったりすぎるタイミングで、どこからともなく女性の悲鳴が聞こえてきた。

──またルーフェス様にはあまり大きい声では言えませんが、若い女性も時おり乱暴されておりまして……──

先ほどの村長の言葉が否が応でも思い起こされる。

シリアンほどの使い手が悪意を感じられなかったということは、悪意なく女性を乱暴する者——つまりは公衆の面前でも横暴を働いても構わないと考えている者が、ここにいるということになる。

そう。

ここアルデバラン家の領土内において、絶対権力を持つ存在——帝国貴族が現れている可能性が高い。

我ながら都合のよすぎるタイミングだが、これは村人たちに恩を売る絶好のチャンスだ。

シリアンがいる限り、少なくとも武力では負けることはないしな。

「い、いてててて……。いくぞみんな、俺についてこい！」

俺はそう言って椅子から飛び降りると、バレないように片足をいたわりつつ、村長宅から出ていくのだった。


「や、やめてください！　私、この後仕事があるんです……！」

「あぁん？　だったら俺の権力で今日は休みにしてやってもいいぜ？　俺が誰か、わからねぇわけじゃやねぇだろ？」

村長宅の外では、やはり予想通りの状況に陥っていた。

でっぷり太った帝国貴族が、トルトス村の若い女性の腕を掴み取り、己の欲望を発散しようとしている。何とも馬鹿馬鹿しい光景だった。

秘密裏に事件を揉み消すんじゃなく、本当に大衆の前で好き勝手に振る舞うとはな。

帝国の名誉とか、他国からどんなふうに思われるとか、何も考えてないんじゃないのか、こいつら。

だが村人たちは誰もそれを指摘しない。

できるだけ帝国貴族の怒りを逆なでせぬよう、遠巻きに見守っているだけだ。

というか、名前は忘れたけど、王国の貴族もここにいるじゃないか。俺がトルトス村に来ることを聞きつけたんだと思うが、しかし帝国貴族の前では大きな顔をすることもできず、隅っこで縮まってしまってるな。そしてそんな彼に対し、トルトス村の住人たちが裏で冷ややかに視線を送っている……。

まさしくリィスティア王国の問題点がくっきり浮かび上がっている状況だった。

「村長。帝国貴族たちはいつもあんな調子なのか？」

「え、ええ……。私たちが異を唱えようものなら、アルデバラン家に掛け合って、おまえたちを亡き者にしてやるぞとおっしゃるものですから……」

はっ、俺たちを脅しの材料にしているわけか。

なかなか胸糞悪い（むなくそわる）ことしてくれるねえ、帝国貴族くんは。

「ルーフェス様、ここはいったん退きましょう。いかに領主様といえども、帝国が相手では分が悪すぎます」

「何を腑抜けたことを言っている。帝国の勘違いを正させるチャンスではないか」

「へ……」

村長が立ち尽くしている間に、俺はてくてくと帝国貴族に向けて歩み寄っていく。

隣にはもちろん、最強剣士たるシリアンが控えている。帝国貴族にも二名ほどの護衛がついているが、もちろん、シリアンの敵ではないだろう。

そしてある程度距離を詰めたところで、俺は帝国貴族に声を投げかけた。

「おい」

「…………ん？」

さっきまで下心丸出しで女性の腕を掴んでいた帝国貴族が、間抜けな声とともに俺に視線を送る。

「なんだおまえは。親はどこにいる？　小さい子どもにはわからないだろうけどな、俺はアルデバランよりもよっぽど偉い貴族様で――」

「はっ、だったら民衆の前でみっともない行動をするのはやめたほうがいいんじゃないのか？　もしくはそれが、栄えあるエルドシア帝国の常識ってことかよ」

「…………あ？」

帝国貴族の顔つきに幾分かの憎悪が宿った。

「ガキのくせに随分達者な口を持ってるじゃねえか。おいガキ、名はなんという」

「ルーフェス・アルデバラン。本日をもって、ここジュホウン地方の領主となった者だ」

「はぁ……？　アルデバランだってぇ……？」

ぷふっ、と帝国貴族が吹き出す。

「ひゃはははははははははははは！　こいつは面白ぇ、大傑作だ！　なあルーフェスくん、おまえはたしかに王国では偉いのかもしれないけどな、この世にはもっと偉い人間がいるんだぜ⁉」

と奴が大笑いしている間に、俺はこいつに絡まれていた女性に目を向けた。

俺が登場したこともあってか、帝国貴族の関心はこっちに移ったようだな。女性が身を隠すには今が一番だろう。

「………」

俺の視線に気づいた女性が、こくりと頭を下げて退散していく。

仮に帝国貴族が逆上したとしても、これなら彼女に危害が及ぶことはないだろう。

「ひゃははははは！　ルーフェスくん、おまえが俺に喧嘩（けんか）売ったこと、きちんとパパに報告しておいてやるよ！　いや〜、パパもさぞかし苦しむだろうなぁ！　アルデバラン家の生活も苦しくなるかもなぁ？　全部おまえが悪いんだぜ、ひゃははははは‼」

にしても、本当に鬱陶しいなこいつ。

民衆の前でこんな発言をすることの愚かしさが、どうしてわからないのだろうか。

「帝都エルサレドのサードル地区、２の６の８」

ちょっとムカついたので、俺はぼそりとそう呟いてみた。

「……あ？」

瞬間、帝国貴族の表情が硬直する。

当然だ。今のこいつにとって、最も知られたくない地名だからな。

「今でもそこに足を運んでるのか？　フェイラス・リオアークさんよ」

「おいおまえ、なぜそれを……」

「はは、それさえもわからない無能が俺をガキ扱いか？　片腹痛いんだよ犯罪者」

そう。

この貴族はゲームに何度か登場したキャラクターで、たしか名をフェイラス・リオアークという。

おかっぱ頭に贅肉(ぜいにく)がつきまくった身体。清潔感のまるで感じられない所作。

その外見通り、自身の欲望のままに生きている人間だ。年齢は十八をまわったくらいで、まあなんというか、一番お盛んな時期だよな。

そのありあまる欲望を叶(かな)えるために、《零魔の刻》では多くの女性を監禁していたクズ野郎だ。

前述の『帝都エルサレドのサードル地区、２の６の８』というのは、その監禁場所。もちろんこれがバレたら失脚は間違いないので、奴が最も知られたくない情報と言えるだろう。

本当はその監禁場所も、ゲームの主人公が攻略するはずなんだけどな。

「お、おい、いいのかよクソガキ。俺は帝国貴族様だぞ。言うに事欠いて、そんな俺様を犯罪者呼ばわりとは……」

「別にでっちあげてるつもりはないんだがね。なんなら今から実際にそこ行ってみるか？　あ、入口は魔法で見えないようにしてあるんだっけ？」

「ぐ……！　き、貴様っ……‼」

フェイラスはぎろっと俺を睨みつけるや、背後に控えている護衛に目で合図した。

――――が。

「な、なんだと……⁉」

「無念……！」

そのコンマ一秒後には、護衛たちは哀れにも地面に伏していた。

理由は単純明快。護衛たちが剣を抜く前に、シリアンが秒速で仕留めたからだ。

「ルーフェス様にたてつく者は、誰であろうと許さぬ」

そんな決めゼリフを口にしながら、倒れた護衛たちの傍で納刀するシリアン。

さすがは数多のゲームオタクを初見殺しに陥れた最強の剣聖。やる時はめちゃめちゃ強いな、マジで。

「お、おいおい……！　おまえはまさか、剣聖シリアン・ユーシアスか!?」

今さら彼女の正体に気づいたのか、フェイラスが真っ青な表情で後ずさる。

「剣聖とあろう者が何をしてるんだ！　本当に成敗すべきは俺じゃなくて、このクソガキ――」

「失礼、黙っていただけませんか？」

ズサッ！　と。

シリアンは剣の切っ先を地面に突き立てると、氷のごとき視線をフェイラスに向けた。

「あなたのご身分は存じておりますが、私にとってはルーフェス様が世界一の主。これ以上ルーフェス様の悪口を言ってみなさい。殺しますよ？」

「なっ………！」

目玉を飛び出さんばかりの勢いで、フェイラスが驚愕（きょうがく）する。

ははは、こりゃすごいな。まさか俺よりも強い言葉でフェイラスを糾弾するとは。理由まではよくわからないが、彼女の俺への忠誠心は本物だと考えられるだろう。

「お、おのれ……!!」

ガタガタと耳障りな歯ぎしりをしながら、フェイラスは周囲を見渡す。

もちろんまわりにいるのは、呆気に取られた様子で状況を見守っている村人たち。この様子だと、今までさんざん村人たちを虐げてきたんだろうからな。彼らの前で情けなく撤退することは、こいつのプライド的に許されないだろう。

「くっそおおおおおおお‼　たかがリィスティア王国の貴族の分際で！　誇り高き帝国貴族の俺様を舐めてんじゃねえぞ！」

フェイラスは顔を真っ赤にして大声をあげると、俺に向けて右手を突き出してきた。

……おいおい、民衆の前で何してやがるんだこいつは。

すさまじい轟音を響かせながら、フェイラスを基点にして突風が吹き荒れる。あいつはこう見えて風魔法の才に長けており、本気を出せば小さな村くらいなら荒らしまくることができるんだよな。

「う、うわぁぁぁぁああああ！」

「フェ、フェイラス様、おやめください！」

つまりフェイラスは今、村人たちを巻き添えにしてでも俺を仕留めようとしているわけだ。本当に呆れ果てるよな。自分の感情そのままに行動しているようにも思える。

「…………」

シリアンもまた、無言で戦闘の体勢に入ったが――。

「よい。ここは俺に任せておけ」

「へ……？」

俺が制止を呼びかけると、彼女は目を丸くした。

「ルーフェス様が対応なさるのですか？　あの程度の使い手、あなたが出るまでもないかと思いますが」

ははは、フェイラスも作中ではそこそこの実力者だったんだけどな。

それを『あの程度の使い手』と言ってのけるとは、さすがは最強の剣聖といったところか。

「ああ、フェイラスは俺が対処する。俺たちの目的はあいつを倒すことじゃない。あくまで王国をよい方向に導くことだからな」

「……おっしゃる通りです。浅はかな行動、失礼しました」

「いやいや気にしなくていいさ。それよりも、さっきはフェイラスに啖呵を切ってくれてありがとう。嬉しかったよ」

「ル、ルーフェス様……」

いくら公爵家といえど、俺は〝八歳児の領主〟でしかないからな。

そんな俺に心からついてこられる領民はほとんどいないだろうし、普通であれば舐められるのがオチだ。だからここで俺自身がフェイラスを仕留めることで、俺自身の求心力を高めていく。これが狙いだった。

「うおおおおおおおおおっ！　くたばれ、ルーフェス・アルデバラン‼」

フェイラスは一際大きな怒声をあげながら、俺に向けて風魔法を放ってきた。

技名はおそらくエアリアルクロー。

対象者へ一直線に突き進む超威力の突風であり、これに巻き込まれてしまったが最後、使用者でさえ予知できないほど遠くへ吹き飛ばされる。かなり多くの魔力を使用しなければ使えない魔法だったはずだが、そんな大技を容赦なくぶっこんでくるとはな。

「…………」

本来なら危機的状況であるはずだが、俺の心は自然と落ち着いていた。

昨日の刺客との戦いで、なんとなく魔法の使い方を学んだからな。このルーフェスもかなりの才能を持っているようだし、おそらく怖れるに足らないだろう。

俺は無言で右手を突き出し、体内に巡る魔力をその右手に集中させる。

「お……？」

なんだ。

気のせいかもわからないが、昨日よりも魔力量が増えている予感がする。

これがゲームでいう〝レベルアップ〟というやつか？　それにしては早すぎる気もするが……。

とにもかくにも、俺は昨日と同じ要領で魔法を発動。

放ったのは風魔法のエアリアルクロー。

言うまでもなく、フェイラスとまったく同じ技だ。

「な、なんだとっ…………！」

それに気づいたフェイラスがぎょっと目を丸くする。もちろん右手を突き出し、魔法を放ち

続けている姿勢でだ。

「馬鹿かおまえは！　クソガキが俺と同じ魔法使ったたって、〝風使いのフェイラス〟様に敵うわけねぇだろうが！」

「…………」

刺客との戦いで、俺は確信したことがある。

フェイラスはああ言っているが、このルーフェス・アルデバラン、相当に強い。

アルデバラン公爵家はたしかに帝国派の筆頭ではあるが、もし共和国派がこちらの動きを封じたいのなら、あえて俺を狙う道理はないはず。

父レザードを脅しにでもかけたほうが、よっぽど共和国にとって有利に働くはずだ。

しかし連中はそれをせず、あえて幼子たる俺を狙ってきた。

ゲームシナリオでも明確に語られぬまま死んでしまったルーフェスだが、もしかしなくても、俺の知らない秘密があるのではないかと思い始めていた。

「な、なんだと……？」

そしてやはり、ルーフェスの魔力は飛びぬけている。

帝国では〝風使いのフェイラス〟と呼ばれているフェイラスの風魔法と、互角以上の押し合いを繰り広げているのだから。

いや――むしろ俺の魔法のほうが、奴のそれを押しているか。

「う、嘘だ！　なんでこんなクソガキの魔法が、俺の魔法を押してるんだよ！」

「じゃあな帝国貴族。吹き飛んでいった先が安全であることを祈るんだな」

「ぎゃあああああ！　マ、ママ――――！」

傲岸不遜な奴に限って、本性が出ると醜いものだな。

フェイラスは聞くに堪えない悲鳴をあげながら、俺の放つエアリアルクローに巻き込まれ、どこか遠くへと吹き飛んでいった。

もちろん、護衛の兵士も一緒だ。

俺のほうでこいつらの後処理をするなんて面倒だからな。

「ぎゃあああああああああああああ‼」

空高く吹き飛んでいったフェイラスは、さながらアニメのごとく、星となって消えていくのだった。

5

「ふう……」

魔法を打ち終わった後、俺は自身の両手を見下ろした。

昨夜ダークマターを放った時は、たしか全身に気怠さが広がっていったはずだ。《零魔の刻》ではゲームの定番よろしく各種ステータスがあって、次の項目に分かれていたと記憶している。

ＨＰ…………ヒットポイントの略。生命力の残量を示す。
ＭＰ…………マジックポイントの略。魔力の残量を示す。
物理攻撃力……物理的な攻撃での威力
魔法攻撃力……魔法を用いた際の攻撃力
物理防御力……物理攻撃を受けた時の耐久力
魔法防御力……魔法攻撃を受けた時の耐久力
素早さ………俊敏性

魔法を使った後はＭＰが消費されるので、前述の気怠さは、ＭＰが枯渇しているサインだと俺は推察していた。ダークマターはかなり強力な魔法なので、八歳児が使うにはＭＰの負担が大きいのだろう。

しかし今回使ったエアリアルクローは、そのダークマターとほぼ同威力を秘めている。にもかかわらず気怠さを感じないということは、それだけＭＰが増えたことの表れか？　しかしゲームでもＭＰを増やすには時間がかかったのに、こんな短時間でステータスが成長するものだろうか？

いまだに不明な点は多いが、やはりこのルーフェスというキャラクター、俺でさえ知らない力を秘めているかもしれない。たぶんだけどな。

「ル、ルーフェス様……！」

俺がそんな思索を巡らせていると、さっきまで状況を見守っていた村長が駆け寄ってきた。

「わ、私は夢でも見ているのですかな!?　あのフェイラス様が、遠くへ吹き飛ばされていったように見えたんですが……」

「夢なわけあるか。俺の領地で好き勝手やっていたんでな。遠慮なく追い出させてもらったよ」

「………………」

俺が自信たっぷりに言ってもなお、村長は村人たちと顔を見合わせ、信じられないといったような表情を浮かべている。

「〝風使いのフェイラス〟様をルーフェス様が追い出せたこと自体も驚きですが、しかし……大丈夫なのですか？　そんなことをしてしまっては、アルデバラン家が大変なことになるのでは……」

「ふふ、心配には及ばない」

俺はそこでにやりと笑うと、村人たち全員を見渡しながら言った。

「何より大事な領民たちだ。俺がこの手で絶対守ってみせましゅ」

「…………」

「…………」

しーん、と。

どう反応すればいいのか困った様子で、村人たちが急に押し黙る。

「わぁぁぁあああああ……！　可愛い……！」

たった一人、謎に悶えているシリアンだけは例外だけどな。

……ねえ。

どうしてこう、いつも大事な場面で噛むんだろうね。

やっぱり身体が幼いから、しっかりとした発音ができないんだろうか。いやだったらなんで普段は普通に話せるんだよおかしいだろいい加減にしろ‼

「うう……」

「よしよし、頑張りましたねルーフェス様。あなたの頑張りは、私が横で見ていましたから」

あまりに悔しくて涙目になっている俺を、シリアンが優しく撫でてきた。

駄目だ。

前世の俺だったらこんなことで泣かないんだが、八歳児ということで、感情のコントロールがうまく利かないのかもしれない。

「――トルトス村の皆さん。このように、ルーフェス様は領民の方々を第一に考えてくださるお方です。小さき英雄の誕生に、どうか皆さん、宴でもてなしていただけないでしょうか？」

「も、もちろんです！」

真っ先にそう答えたのは村長。

「公爵家のしがらみを度外視してでも、ルーフェス様は我々を守ってくださったのです。我々がおもてなししない道理はありません。そうじゃろう、皆の者‼」

「おおおおおおおおおおっ！」

「ルーフェス様！」

「ルーフェス様！」

気のせいだろうか。

最初村に訪れた時に感じた視線の冷たさが、今ではもうすっかり消え失せているように思えたのだった。

というわけで。

俺は急きょ、トルトス村での宴に参加することとなった。

もちろん突如開催された宴なので、規模はそこまで大きいものではないけどな。それでもできる限り俺をもてなそうとしてくれているのか、村の中央に設置された大テーブルに、続々とうまそうな料理が運ばれてきている。

さすがは豊富な農作物で有名なトルトス村。

香ばしいドレッシングのかけられた色とりどりの野菜、適度に脂の乗ったステーキ、さらには近くの川で取れた魚の刺身などなど……。

思わず恐縮してしまうほどに豪勢な食事たちが、次々とテーブルに載せられている。

もちろん俺が領主たるアルデバラン公爵家というのもあるだろうが、この豪華っぷり、どうにもそれだけじゃない気がする。

「ルーフェス様は甘い物がお好きだそうだ！　甘味も用意しろー！」

「腕によりをかけて作るんだぞ！　今日は我らがルーフェス様が初めてトルトス村にいらした日だ！」

うまく表現できないけれど、みんな〝俺のため〟に宴の準備をしてくれている……。

そんな様子が伝わってくるんだよな。

「ふふ、みんなルーフェス様に惹かれたようですね。これは間違いなく、ルーフェス様に求心力があってこそでしょう」

大テーブルの前で待機する俺に、隣に座るシリアンが声をかけてきた。

「自信を持ってください。これはルーフェス様の頑張りの結果です」

「う～ん、そうかな。でも肝心なところで噛んでしまったし……」

「いえいえ、むしろそれがよかったんですよ！　ほら感じませんか？　女性からの視線を」

「は……？」

シリアンの言う通り、先ほどから女の人たちが熱い視線を向けてきているのは感じる。

けどまあ、俺は公爵家の息子だからな。俺と距離が近くなればそれだけで得だろうし、それゆえの視線だと思っていたのだが。

「あの方たちはですね、さっきのルーフェス様にキュンときてるんだと思います」

「え？　なぜ？」

「それはそうではありませんか！　いつもは自信たっぷりに振る舞ってて、圧倒的な強さで敵を倒して！　でも、間違えて噛んだら恥ずかしくなって泣いちゃって……。私たちの夢をたっぷり詰め込んでいるお方！　それがルーフェス様なのですよ！」

「すまん、何を言っているのかまるでわからない」

噛んだら惚れるってどういうことだ？

自慢じゃないが、前世の俺はかなりどん臭かった。大事な場面で噛んでしまおうものなら、まず間違いなく失笑されてたのに……。

意味がわからん。これが価値観の違いってやつか？

「ともあれ、俺はあんなの二度とごめんだ。明日からいい発音方法について教えてくれないか？」

「はいはい、それはもちろんですよ♪」

よくわからないが、俺の提案をまた可愛いと思っているのだろうか。シリアンは両手を重ね合わせ、発音練習を快諾してくれた。

そのような掛け合いを繰り広げつつも、宴が穏やかな雰囲気で開催された。

シリアンの言っていたことが本当かはわからないが、本当に村人たちは、さっき俺が噛んだことを気にしていないようだな。むしろフェイラスを追い出した俺に対し、深い感謝を抱いているようにさえ感じられる。

「まさか本当に帝国の貴族を追い出してくれるなんて……」

「ルーフェス様なら、本当にジュホウン地方を……いいえ、王国そのものを変えてくれそうです！」

そんなふうに村人たちにお礼を言われまくるわけだから、俺としても笑いが止まらない。

何を隠そう、さっきの戦いは、あくまで俺が生き残るために繰り広げたもの。

俺が明主であると巷間に知れ渡れば、共和国派も安易に俺を狙えなくなるだろうし、ルーフェス死亡のシナリオを回避することができる。

フェイラスとの戦いだって、シリアンに任せるのが一番安牌だったのにな。

俺はあくまで自分のために行動していただけなのに……クックック、シナリオ回避については着実に進んでいると見ていいだろう。

「ルーフェスさま、私のままを、たしゅけてくれてあんがと」

そして次に声をかけてきたのは、俺と同い年くらいの女の子。

その隣には、さっきフェイラスに捕まっていた女性が深々と頭を下げているな。となると、この女の子が女性の娘ってことか。

「ふふ、気にしゅることはない。これが貴族の務めだからな」

やっべ。

また噛んでしまったが、しかしさっきと違って大勢に聞かれているわけではないからな。

脇で勝手にほのぼのした表情を浮かべているシリアン以外は、これといって反応を示さなかった。

「あのね、これ。ルーフェスさまにぷれぜんと」

「ん……？　これは、花か？」

「うん。ここからうんと遠くのお山にさいてるお花でね、持ってるひとにしあわせを運んできてくれるんだって。だからあげる」

「おいおい、いいのか？　大事なものじゃないのか？」

「いいの。ルーフェスさまには、あげたいの」

「そ、そうか……」

女の子が差し出してきた花は、ゲームでは《幸寄の白花》と呼ばれているものだ。

会話の内容通り、時々プレイヤーに幸運をもたらす花だな。稀に相手の攻撃が外れたり、思いがけないところで助っ人が入ったり。

正直そこまで貴重なアイテムではなかったが、所持アイテムに余裕があれば持っておいて損はないものだった。もちろん今の俺は強い武器も防具も持っていないので、本当にありがたい限りである。

「ありがとう。お礼にまた、君にプレゼントを持ってきていいか？」

「うん！　また来てね、ルーフェスさま！　約束のゆびきりげんまん！」

にっこりと純真な笑みを浮かべ、女の子は俺に小指を差し出してきた。

はは、ゆびきりげんまんか。

そういえば前世にも同じ文化があったが、リィスティア王国にも同様のものがあるとはな。

日本で作られたゲームだから、少し日本に似ている部分もあるということか。

「『ゆびきーりげんまん、嘘ついたらハリセンボンのます』」

そんなふうに言い合っていると、シリアンを含め、さっき俺に視線を送ってきていた女性陣が感嘆の息を発していた。

可愛いとか尊いとか聞こえてくるが、本当に意味わからん。

前世でも女の人の気持ちはわからずじまいだったし、もう深く考えておくのはやめておくか。

「ところでシリアン、ここに他にも貴族が来てなかったか？」

女の子とのやり取りを終えた後、俺は隣に座るシリアンに問いかけた。

「はい？　ルーフェス様以外にですか？」

「そうだ。フェイラスがいたせいか、バレないように縮こまってたようだが」

「ああ、それはきっとニアレ・フェイロ様ですね。ルーフェス様の来訪を聞きつけて、ここまでいらしたのでしょう」

ニアレ・フェイロ。

その名を聞いて思い出した。

ゲーム中はあまり登場しないモブキャラで、たしか、アルデバラン公爵家の領土と近い場所に住む伯爵家だったはずだ。

年齢は十八歳。

青髪に琥珀(こはく)色の瞳で、登場機会の少ないキャラクターながらも、その圧倒的美貌で女性ファンが大勢いたはずだ。

「もういなくなってるよな？　俺が帝国貴族を追い出してるのを見て、さすがに混乱したってことか」

「ええ、おそらくそうだと思います」

　フェイロ伯爵家。

　アルデバラン家と同じく帝国派に属しているが、一応気にかけておくか。悪いキャラではなかったはずなので、うまく取り込めれば貴重な戦力になってくれるかもしれない。

「それよりもルーフェス様。私はニアレ様よりも、一つ気になる気配を感じています」

「ほう……？　他にも貴族がいるのか？」

「いえ、ごく一般的な平民のようですし、そこまで突出した力を持っているわけでもありません。ですがなぜか、その者からは底知れぬ力を感じるのです」

「ふむ……」

　やはり八歳児たる俺にはわからないが、シリアンは王国随一の剣士だからな。

　きっと俺には見えない世界が見えているのだろう。

「念のため聞いておくが、怪しい気配ではないんだよな？」

「ええ、悪意は感じられません。仮に不穏な動きがあれば、私が真っ先に叩き出しますゆえ」

「どこから感じられるんだ？　その気配は」

「えっと……そうですね、あそこにいる女性から感じられます」

シリアンがこっそり視線を送った先を見て、俺は思わず咽せそうになった。

ディシア・カルバーズ。

俺が長い間ずっと操作してきたキャラクター――つまり《零魔の刻》の主人公だったからだ。

「ル、ルーフェス様？　どうされましたか？」

「い、いやなんでもない。気にするな」

心配そうにのぞき込んでくるシリアンを制しつつ、俺はディシアにまつわる記憶を手繰り寄せる。

年齢はニアレと同じく十八。黒眼鏡にショートヘアの真面目そうな少女である。

幼い頃から凄腕剣士を目指してきたが、しかしいくら特訓しても上達することはなく、故郷では無能剣士と知られている。しかしゲーム主人公のお決まりのごとく、彼女には驚くべき力が秘められていて……。という感じの設定だったはずだ。

さっきのフェイラス乱心も、本来なら彼女が仲裁する予定だった事件。

俺がシナリオをぶっ潰したことで、どんな変化が訪れるか……。

「………」

こっちの視線に気づいたのだろう。

ディシアはぴくりと眉を動かすと、公爵家たる俺に一切動じることなく、つかつかと歩み寄ってきた。

「初めまして、私はディシア・カルバーズと申します。何やら騒動があったようですが、もしかしてあなたがたが解決なされたのですか？」

「……ええ、その通りです。今のところ不穏な気配も感じられませんし、ひとまずは安心といったところでしょう」

「そうですか。剣聖様がおっしゃるのなら大丈夫ですね」

ディシアはそれだけ言うと、一瞬だけ俺に冷たい視線を向け――。

数秒後には身を翻し、元いた位置に戻っていった。

このつっけんどんな態度。今まで〝無能〟と呼ばれ続けたからこそ、他人への心も閉ざしてしまっている状態だと言えるだろう。

「いったいどういうつもりなのでしょうか。ルーフェス様に対して、あのような態度を取るなど……」

現にシリアンも我が事のように怒ってしまっている。

「いやいや、俺は気にしてないさ。たぶんあの手合いは、俺みたいな権力者が嫌いなんだろう」

「ル、ルーフェス様……」

「ここで事を荒立てる必要はない。いったんは見逃してやれ」

「かしこまりました。ルーフェス様がそうおっしゃるのならば」

俺の提案に対し、シリアンが深々と頭を下げる。

もしゲームシナリオと同様に世界情勢が動いていくならば、ディシアの力は大事な鍵になる。

ここで処してしまうのはあまりにも勿体ない。

彼女はこれから、数え尽くせないほどの試練に晒されることになる。

そしてそれらの苦難を経て、人格も戦闘力も磨かれていくことになる。

ここで無理に彼女を引き入れるよりも、時期を見てディシアを味方につけたほうが無難だろう。

そんなことを考えながら、俺は引き続き、宴を楽しむのだった。

6

僕――ニアレ・フェイロにとって、先ほど見た光景は衝撃以外の何物でもなかった。

八歳にしてジュホウン地方の領主に任命された、ルーフェス・アルデバラン様。彼がなんと、トルトス村で横暴を働いていたフェイラスに鉄槌を下したのである。

もちろん、これは手放しで許されることではない。

弱小国家が帝国に刃向かってしまったら、どんな圧力をかけられるかわかったものではないからだ。

しかもルーフェス様は、帝国派の筆頭たるアルデバラン公爵家の長男。立場的に、最も帝国に牙を剝いてはいけない人間であるはずだ。

だから本来は、この行為は許されるものではない。

むしろ僕自身が、ルーフェス様の行動を止めるべき立場だっただろう。

けれど。

こんなのはしょせん、建前の話だ。

帝国貴族たちの凶行は今に始まったことではない。

さっきのように、若い女性に乱暴するのはもはや日常茶飯事。理由もなく王国人を痛めつけたり、王国貴族を奴隷のようにこき使ってきたり、王国内で事件を起こしても無理やり揉み消してきたり……。

そうした帝国貴族たちの振る舞いを、僕らは見て見ぬフリをしてきた。

決して帝国を怒らせてはなるまいと、徹底してゴマをすり続けてきた。

だからこそ――僕は知っている。

帝国に何も言えない僕たちを、人民たちが陰で蔑んでいることを。普段は偉そうにしているくせに、帝国には何も言えない貴族を恨んでいることを。

ゆえに、心のどこかではわかっていたのだ。

今のままでは、王国は腐っていってしまう。

どこかで現体制を変えていかないと、いずれは滅びの道を辿っていってしまうと。

だから大声では言えないが、僕も水面下で行動を起こしていた。

特にフェイラスに関しては、あまりにも自分勝手が過ぎる。トルトス村でも恥ずかしげもなく女性に暴行を働いていたし――帝国内においても、何らかの犯罪行為に手を染めている可能性が高い。

なんの確証もないけれど、フェイラスの粗暴な性格から、そんなふうに直感したのだ。

調査にかけたのは一年半ほど。

自分でも馬鹿だと思う。

何の確証もないことだし、仮にフェイラスが何らかの犯罪に手を染めていたとしても、帝国に刃向かえるはずがないのに。

でも。

「ミユリア……。あの時、守ってあげられなくてごめんな……」

今はもういない、かつてトルトス村で想い合っていた女性。

彼女のことを思えば、多少の労苦などどうってことない。

むしろこの欺瞞を正すことこそが、王国貴族たる自分に課せられた使命だと、そんなふうに考えるようになっていた。

先ほどのルーフェス様も、そうした強い信念を持った上で、フェイラスに啖呵を切っていたように感じられた。

単に〝ムカついたから反抗した〟のではなく、すべての要素を客観的に見た上で、今はフェイラスを叩きのめすことが最善と判断されたのだと。

本当はわかっている。

いくらアルデバラン公爵家の長男とはいえ、ルーフェス様はまだ八歳。

そんな深い考えを持てるはずがないと、僕だってそう思っている。

けれど。

——帝都エルサレドのサードル地区、2の6の8——

——今でもそこに足を運んでるのか？　フェイラス・リオアークさんよ——

この発言を聞いて、僕は衝撃を受けた。

なぜなら、これは僕が一年半かけて辿り着いた犯行の現場。

フェイラスはここに秘密のアジトを設立し、多くの女性を監禁して、自分の欲望を満たしているのだと。

この住所を知っている以上、ルーフェス様は何かを知っている。

そしてその上で、あえて帝国貴族たるフェイラスに鉄槌を下した。

僕がそのように結論付けたのも、おそらく間違っていないんじゃないかと考えている。

ありがとうございます……ルーフェス様。

この住所を突き止めてもなお、僕はまだ足踏みをしておりました。

彼女の仇（かたき）を取ると誓っておきながら、王国貴族という枷（かせ）に囚われておりました。

ならばこそ、早めに帝国に潜入していきたいと思います。

ルーフェス様がフェイラスに反抗したことで、以降は帝国側へ入国するのも難しくなるでしょう。そうなる前に準備を整え、帝国への国境を踏み越え、例の住所まで潜伏していきたいと考えています。

そしてその後は、改めてあなたにお礼を言わせてください。
僕はあなたに一生ついていきます。
僕が今まで悩んできたことを、一瞬で乗り越えられたルーフェス様。
あなたについていけばきっと、彼女が求めていた世界を作り出すことができる。
そう感じるのです。

第二章　元ゲーム廃人者（八歳）はもう二度と噛みたくないでしゅ

1

トルトス村の視察から戻って、一週間ほどが過ぎた。

俺は引き続き魔法の特訓をしつつ、シリアンから滑舌の指導を受けていた。

やはり八歳児の身体ということもあってか、思うようには成長できない。特にサ行が致命的なようで、「です」が「でしゅ」になってしまったり、「よろしく」が「よろしゅく」になってしまう。

とはいえシリアンが言うには、これでも俺の滑舌はいいほうらしい。

たしかにトルトス村にいた女の子と比べれば、俺はまだスムーズに話せていたからな。たぶん転生者ゆえのアドバンデージだとは思うが、それでも八歳児である以上、完全に流暢(りゅうちょう)に話すことは難しいのだろう。

予期せぬ出来事が起こったり、俺自身が緊張してしまっている場合には、さらに噛む確率が高まっている。これは前世の俺とまったく同じなので、そのまま受け継がれているのだと思われる。

……本当におかしいよな、マジで。

転生後の悩みどころが滑舌なんて、まるで想像していなかったんだが。

まあ、それはさておき。

活舌は前途多難な予感がしているが、魔法の上達はいたって順調だった。

ゲームプレイ時にも「魔法の使い方」的な会話が繰り広げられていたし、基本的にはそれを思い起こせば問題ない。後はもちろん、ルーフェスの類稀（たぐいまれ）なる才能も一つの理由だろう。

ちなみに《零魔の刻》における魔法には、次の属性が存在している。

通常属性……炎、水、風、土、植物、氷、雷
上位属性……幻、時空、光

右の属性のうち、基本的に使える魔法は一つか二つ。

これは生まれ持った才によって定められており、たとえばルーフェスなら「幻」と「風」、フェイラスなら「風」のみといった具合だ。

通常属性の七つは使用者が多く、反面、上位属性の三つを操れる魔術師はごく限られている。

この時点で、幻属性を扱えるルーフェスは優遇されているんだよな。

もちろん特訓次第で多属性を操れるようになるし、そうした魔術師は世界中で重宝されている。ファンタジーゲームよろしく《零魔の刻》にも多くの魔物が存在していて、魔物ごとに弱点となる魔法属性が異なるからな。

多属性を扱える魔術師はそれだけ器用に立ち回れるが、これは血の滲むような特訓をした者のみが辿り着ける境地だ。

たしか《零魔の刻》の世界でも、公式が発表している限りでは三人しかいなかったんじゃなかろうか。

そして他にも、魔法には次の区分けがある。


初級魔法……魔法を扱える者なら誰もが使用できる。

中級魔法……才ある者が厳しい特訓をした場合にのみ使用できる。魔術師の三割が使用可。

上級魔法……一握りの実力者が修練の果てに辿り着ける境地。小さな村や町なら簡単に破壊してしまう。魔術師の一割が使用可。

天上魔法……普通なら扱えない。神に見初(みそ)められし者のみが使用できる。その気になれば国そのものを破壊可能。

無間(むけん)魔法……普通なら扱えない。魔に見初められし者のみが使用できる。天上魔法とほぼ同等の威力を有している。


基本的には、階級が上がれば上がるほど使用MPが増し、威力も高まっていく。

このうち「天上魔法」と「無間魔法」に関しては、普通の人々は認知していない。《零魔の刻》に触れたことのある俺だからこそ知っている、まあ世界の裏側みたいな知識だ。

俺が過去に使用したダークマターとエアリアルクローは、この中級魔法に属している。

本来八歳児が扱える魔法ではないので、シリアンもフェイラスも驚いていたという形だな。

とはいえダークマターもエアリアルクローも、ぶっちゃけると中級魔法のなかでも弱い部類に入る。強力なことには違いないのだが、まだまだ高みはあるということだな。

だから毎日ひっそりと特訓し続け、少しずつ体内の魔力が増しているのを感じる。この分であれば、早いうちにより強い魔法を扱えるようになるだろう。さすがに上級魔法はまだまだ時間がかかるだろうけどな。

そして疲労が溜まった後は、シリアンが作った料理を堪能する。

前世の記憶を取り戻した直後、俺は彼女に身の回りの世話をしてほしいと頼んだからな。シリアンが料理上手だとは知らなかったが、俺は毎日ずっと、彼女の作る食事に舌鼓を打っていた。

正直、前世と比べれば快適な毎日ではあるが――。

やはり一つ問題点があるとすれば、シリアンがあまりにも過保護であるということか。

「はいルーフェス様、あ～ん♪」

「いや、食事くらい自分で済ましぇられるんだが……」

「駄目ですよ。可愛いショタにあ～んするのが私の夢……いえ、使命なのですから」

アルデバラン公爵家の屋敷。その自室にて。

テーブルに並んでいる食事を、隣に座るシリアンがなぜか〝あ～ん〟で食べさせようとしてくる。

いや、八歳になっても人に食べさせてもらうってどういうことだよ。

日本だったらもう小学校三年の年頃なんだぞ。

「ふふふ、まだまだ甘えたい盛りのはずなのに、ルーフェス様は大人びておられますね。ちょっと寂しい感じもありますが、そうした成長を見守るのもまた醍醐味の一つ……」

「何言ってるんだまっちゃく……」

あまりにも馬鹿馬鹿しくて、思いがけず噛みまくってしまった。

動揺しても活舌よく喋るのが今後の課題だな。うん。

「さあルーフェス様、早く召し上がってください。あまり時間が経つと、せっかくの美味しいご飯が冷めてしまいますよ？」

「…………」

俺にはよくわかっている。

厳しい剣の修行を積んできたからか、シリアンはかなり強情。俺がいくら駄々をこねたところで、彼女が譲歩することはない。手取り足取り俺の世話をすることが、まるで自分に課せられた使命であるかのように考えているのだ。

つまりここでいくら駄々をこねようが、結果的に〝あ～ん〟されるだけ。

そして今日の朝食は俺の大好物の一つ、クリームシチュー。やはり王国内でもトップクラスの権力を有する公爵家だからか、基本的に屋敷で出される料理は超絶うまいのだ。

そんな絶品が冷めてしまうのは――とてもまずい。

「あ、あ～ん……」

観念した俺は、シリアンに言われるがままに口を大きく開ける。

くっそ、前世の分を含めれば、俺はもう四十歳を超えているってのに。どこの世界に〝あ～ん〟してもらってるおっさんがいるんだよ。

恥ずかしさのあまり顔が熱くなってきた。

「あら、ルーフェス様、顔が赤くなってますよ？」

「う、うふはい！　ははくくひにいれへほれ（う、うるさい！　早く口に入れてくれ）」

口を開けたままふがふがする俺に、シリアンは「ふふっ」と微笑みを浮かべると、そのまま口にクリームシチューを入れてきた。

「む、むぐむぐ……」

なんだこれは。

味がうまいのはもちろんなのだが、それだけじゃなく、クリームシチューの温度がぴったり俺の好みに合っているのだ。やや熱めでいて、舌が痛くなるほど高温でもない。そして俺は、家の料理人に温度の好みを伝えたことはない。

もしかしてシリアンが気を利かせてくれたのか……？

「ふふ、どうですかルーフェス様。美味しいでしょう？」

「う、うん……。まあまあだな」

「よかった♪　ルーフェス様に気に入っていただけたのなら何よりです」

「勘違いしゅないでくれ。別に気に入ったってほどじゃ……」

「そうですね、ごめんなさい」

シリアンはそう言ってにっこりと微笑むと、再び俺にクリームシチューを〝あ～ん〟してきた。

………うん、これは駄目だ。

このまま甘やかされっぱなしの毎日を送っていると、いずれ本当に駄目人間になってしまいそうな気がする。

俺はゲームのシナリオで死亡フラグが立ちまくっているルーフェス・アルデバラン。

破滅ルートを回避するためにも、やはりシリアンの魔手から逃れなくては……。

そう思いつつも、朝食はそのまま〝あ～ん〟ですべて平らげてしまうのだった。

ということで、俺はしばらく平穏な日々を過ごしていたのだが――。

先日追い出したフェイラス・リオアークは、曲がりなりにも大国の貴族。あのまま引き下がるわけもなく、何かしら報復が引き起こされるのはごく当たり前の話だった。

「なんだって……!?」

その日の夜。

たまたま父レザードの書斎近くを通りかかっていた俺は、室内から悲鳴にも似た大声が聞こえてくるのを感じた。

今の俺は八歳児。

いくらジュホウン地方を任された身とはいえ、公務に忙しい父の手を煩わせるものではない。

そうとわかってはいても、やはりこれを素通りすることはできなかった。

《零魔の刻》における設定でも、フェイラスはかなり嫉妬深い人物とされていたからな。そろそろ何かしらの手を打ってくるだろうことは、あいつを風魔法でぶっ飛ばした時から想定済みだった。

「父上、よろしいでしょうか」

ノックとともに書斎の扉を叩く。

「……なんだ？　ルーフェスか？」

「はい。たった今大きな声が聞こえたので、何か起こったのではないかと思いまして」

「そうか……。心配かけてすまなかったな。私は何の問題もない。ルーフェスは気にしないで、部屋に戻りなさい」

「…………」

父レザードは、ゲームにおいては悪役貴族として描写されていた。

帝国に媚を売るばかりで、領民のことは一切気にせず、私腹を肥やすことだけに傾倒する悪人であると。

そんな彼だって、一人の父親だったのだ。

たとえ息子が引き起こしたトラブルといえども、それを子どもに押し付けることもなく、自分一人で解決しようとする……。

そんなレザードの新しい一面を、俺は初めて見た気がした。

「父上がお忙しいのは承知しています。ですがご存知の通り、私は先日、帝国の貴族を領土から追い出しました。おそらく父上が今お悩みになっているのも、その件についてではありませんか？」

「…………」

「どうか私にもご事情をお話しください。私にできることは少ないと思いますが、それでも、問題を引き起こした責任があるはずですから……」

「ルーフェス……。わかった、そこまで言うのなら入りなさい」

その言葉を受けて、俺はドアのノブを掴む。

書斎に足を踏み入れると、椅子に座って難しい顔をしているレザードと、そしてその脇に立っているシリアンの姿があった。

「シリアン……、来ていたのか？」

「ええ。近頃、屋敷の近くにて不穏な気配を感じることが多く……。念のため、レザード様にご報告させていただいておりました」

屋敷の近くで不穏な気配……。

このタイミングでそんなものが感じられるとは、さすがに嫌な予感がするな。

「その上で、先ほど帝国からこのような書面が届いてな。さすがに驚かざるをえなかったのだよ」

レザードはそう言うなり、俺に一枚の手紙を差し出してきた。

レザード・アルデバラン

貴公は帝国に理解ある者であると期待していたが、残念ながら見込み違いだったようだ。

先日、貴公の息子と名乗るルーフェス・アルデバランが、不躾（ぶしつけ）にも私に魔法を放ってきた。

まさか貴公の領土でこのようなことが起こるとは思わず、私も油断してしまった。

剣聖と名高きシリアン・ユーシアスがいたこともあり、帝国貴族たる私が、無様にもはるか高き空へ飛ばされたのである。

ここまでされておいて、誇り高き帝国貴族が黙っているわけにはいかない。

近々、アルデバラン公爵家には手痛い報復措置を取ることとする。

いかに剣聖がいたとて無駄だ。帝国は王国よりもはるかに大きい。貴公らを処する手段はいくらでもあるのだと知れ。

こうしてわざわざ手紙を送ってやったのは、あの生意気なルーフェス・アルデバランへの報復も兼ねている。

父が慌てふためく様を見て、ようやくあの馬鹿な子どもも己の愚かさを悟るだろう。

報復の時まで、楽しみに待っているがいい。

フェイラス・リオアーク

「こ、これは……」

手紙を最後まで読み終え、俺は自分でも驚くほど掠(かす)れた声を発してしまった。

いくらフェイラスが根に持つタイプとはいえ、普通ここまでするか。まだ幼い俺をも殺そうとしているし、完全にアルデバラン公爵家を亡き者にしようとしているではないか。

「すみません父上、まさかあの貴族、ここまでしてくるとは……」

「そんな！　ルーフェス様が悪いわけではありません！」

謝罪する俺に対し、シリアンが間髪入れず割り込んできた。

「あの時ルーフェス様が動かなかったら、村の女性は文字通りの暴行を受けていたはずです！　あれを見過ごせばよかったなんて、私には到底思えません‼」

「そうだな……その通りだ」

シリアンの言葉を受けて、レザードも深く頷く。

「そしてまた、これがリィスティア王国の闇とも言えるだろう。自国の力だけでは生きていけない以上、帝国の横暴に目を瞑ってでも、帝国とはよい関係を築いていかねばならない。それが皮肉にも、領民たちの安定した生活にも繋がるのだと信じて……」

「父上……」

「ふふ、ルーフェスが気にすることはないさ。ジュホウン地方の統治を任せたのは私だし――むしろおまえを誇りに思っているよ。いつか本当に、リィスティア王国を変える人材になるんじゃないかとね」

「…………」

「さあ、もう部屋に戻って寝なさい。おまえの志は立派だが、ここからは大人の仕事だ。後は私に任せておきなさい」

そう言ってにっこり笑うレザードだが、俺にははっきり伝わってきている。

平静を装っている表情の裏側に、強い焦りが浮かんでいることを。

父はいつも穏やかに笑うが、現在に限っては瞳に明確な疲労が窺えることを。

やっぱり俺も、社会の荒波に揉まれてきたおっさんだからな。他人の微妙な言動から、その内面までもが伝わってきてしまう。

そんなふうに考え込んでいると、レザードが不思議そうに訊ねてきた。

「どうしたルーフェス、まだ何か言いたいことがあるのか？」

「い、いえ。たしかに私がいても足手まといにしかならなそうです。ここはいったん失礼させていただきます」

「はは、本当に八歳とは思えんほど謙虚だな。わかった。後は私のほうで対処しておくが、ルーフェスのやったことが間違いだったとも思わない。あまり気にしないでくれよ」

このやり取りを最後にして、俺は書斎を退室することにした。

「………」

レザードはああ言っていたが、やはり俺もこのまま手をこまねいているわけにはいかないだろう。

やむをえない部分もあったとはいえ、俺が引き起こした問題だ。

それにおそらく、これもシナリオの力みたいなもんだと思う。俺は本来、一週間前に刺客に殺されるはずだった。けれど俺が返り討ちにしたばかりに、そのシナリオに変化が生じた。

となれば、また別の形で俺の死亡フラグが立ちうることは想像に難く(かた)ない。

今回で言うなら、フェイラスの乱心がそれに該当するだろう。いくら面子を潰されたとはいえ、あんな脅迫文を送ってくるのは短絡に過ぎる。勝手なことをしてしまえば、他の帝国貴族、ひいては共和国とも亀裂が走る可能性もあるっていうのに……。

だからあいつも迂闊(うかつ)な動きができないと踏んでいたのだが、あまりにも浅慮な行動に出てしまっている。

おそらくはこれこそが、シナリオの収束なのかもしれない。

あの様子だとフェイラスは相当に俺を恨んでいるようだし、このまま呆(ほう)けていては、やはりいつかあいつに殺されるだろう。そうなる前に手を打たねばなるまい。

「ルーフェス様」

以上のことを考えながら廊下を歩いていると、ふいに背後から声をかけられた。

シリアンだ。

「おっと、もう話は終わったのか？」

「ええ。怪しげな気配たちもいったんは遠ざかっていったので、今すぐには行動してこないでしょう。念のため今日からは警備を強めにして、ルーフェス様は引き続き、私自身がお守りさせていただくとします」

「そうか……わかった」

実際、フェイラスは俺を殺したくてたまらないだろうからな。

その対策としてシリアンを警備にあてるのは、何も間違ってはいないだろう。レザードもああ見えて魔法の才に長けているので、いざという時は自分も戦える。

「それよりもルーフェス様……行かれるのですか？」

「へ？」

「いえ。レザード様の前ではすぐに身を引かれておりましたが、よもやルーフェス様が、あのフェイラスに屈するとは思えませんでしたので」

「はは……すごいな。見抜かれてたか」

この一週間ずっと俺の傍にいたこともあって、彼女は俺の人間性を見抜いているのかもしれない。

まあ、そういうことなら話は早い。

俺はシリアンとともに自室に戻ると、まわりに聞こえぬよう、小声で話題を投げかけた。

「シリアンの言う通りだ。まさか帝国貴族の立場でこんな馬鹿をしてくるとは思わなかったが、そういう人物だと判明した以上、中途半端な対策では鎮まらないだろう」

「ええ、完全に同意します。さっき感じた気配も、相当な悪意を放っておりました」

シリアンはそこまで言うと、何かを思い出すように二の句を継げた。

「そうなると、先週、ルーフェス様が意味深なことをおっしゃっておりましたよね。たしか、『帝都エルサレドのサードル地区』でしたか」

「よく覚えてるな。その通りだよ」

より正確に言うならば、『帝都エルサレドのサードル地区、2の6の8』となるか。

フェイラスの欲望を満たすためだけに、ここには多くの女性が監禁されていたはずだ。本当は直に主人公ディシアが制圧するシナリオになっていたので、余計なことをするまいと思っていたのだが……。

しかし奴自身が仕掛けてきた以上は、俺みずからがそこに出向くしかないだろう。

フェイラスが俺たちにとって厄介なのは、その嫉妬深さと権力に起因しているからな。そのうちの権力さえ引っぺがしてしまえば、もうあいつはアルデバラン公爵家に何もできなくなるだろう。

当然、そのためには剣聖シリアンの協力は必須。

だから俺は、転生やゲームのことは隠した上で、当該場所に女性が監禁されていること、そこを制圧すれば現状を突破できることを伝えた。

「なるほど……。そういうことですか」

もちろん、シリアンも当初は困惑していた。

フェイラスが帝国で女性を監禁していることは、設定上、当事者たちしか知りえない情報のはず。それをなぜか俺が語っているわけだから、疑問が生じるのはごく当然の話だよな。

けれど。

「わかりました。ルーフェス様、私はあなたについて参ります」

シリアンはそう言うと、地面に片膝をつき、俺に深く頭を下げてきた。

「……いいのか？　信じてくれるのか？」

「もちろんです。元よりルーフェス様をお守りすると決意した身。それにこれは、私の信念を貫くための戦いになるのです」

「信念……」

なんだ。

彼女も彼女で、この戦いに参加する理由があるということか。

《零魔の刻》のシナリオでは詳細が語られていなかったので、このあたりはよくわからない。

シリアンは人気のあるキャラだったので、その後のシリーズを売り上げるためか、詳しい背景はお預けになっていたんだよな。

「それに、まったくの信ぴょう性がないとも思っておりません。ルーフェス様に吹っかけられた際、フェイラスは明らかに動揺しておりましたからね。何かしら心当たりがあるのはたしかでしょう」

「そうだな。あいつがわかりやすい奴で助かったよ」

俺はそう笑うと、改めてシリアンを見据えて言った。

「したらシリアン、申し訳ないが俺に剣の稽古をつけてくれないか？」

「はい？　剣……ですか？」

「ああ。たぶん相手は俺を本気で恨んでるだろうからな。魔法だけじゃなくて、剣も特訓しておきたいんだ」

「なるほど……そういうことですか」

まあ、時間的にあまり猶予はないけどな。

フェイラスが本格的に動き出してからでは遅いので、そうなる前に、こっちから監禁場所を突き止めることが重要だ。

なのであまり稽古にかけている余裕はないものの、それでも、できることから始めていく――。

それが前世で、俺が学んだことの一つだった。

気づいた時にはもう会社の窓際に座っていたので、すでに手遅れだったけどな。けれど今生なら、いくらでもやり直すことができる。

「わかりました。ルーフェス様がその気ならば、私も全力でお付き合いします。どうぞよろしくお願い致します」
そう言って、シリアンもにっこりと微笑むのだった。

2

私――シリアン・ユーシアスにとって、この一週間は刺激の連続だった。

レザード様でさえ手をこまねいていた帝国貴族の横暴に、ルーフェス様は真っ向から立ち向かっていって。己の立場をわかっていながらも、それでも領民のために、みずから行動を起こしていって……。

まさにそれこそ、私が探し求めていた貴族の姿だった。

彼ならばきっと、利権にまみれたリィスティア王国を変えることができる。そう確信を抱くまでに、そう時間がかからなかった。

そして彼の素晴らしいところは、何もそれだけではない。

――何より大事な領民たちだ。俺がこの手で絶対守ってみせましゅ――

――う、うふはい！　ははくくひにいれへほれ（う、うるさい！　早く口に入れてくれ）――

いつもは自信たっぷりに振る舞っているルーフェス様だが、やはり彼はまだ八歳児。

大事なところで噛んでしまったり、少しからかっただけで顔が真っ赤になったり、本当に可愛すぎて死んでしまいそうになることがある。

以前、私は友人から「尊死」という言葉を聞いた。

あまりにも尊いものを目撃してしまい、天に昇りそうになるさまを指すらしいが――。

今ならわかる。

私は今、ルーフェス様に何度も尊死している。

彼を護衛するという使命がある以上、もちろんその感情を表には出せない。けれど彼の可愛い言動を目にするたび、比喩でもなんでもなく、鼻血が飛び出そうになる。割と本気で。

何より印象的だったのは、フェイラスを撃退した後、彼が村人たちの前で噛んでしまったことか。

あの時のルーフェス様は反則的に可愛かった。

ついさっきまで自信たっぷりだった目に、少しずつ雫が溜まっていって。

なかば助けを求めるような表情で私を見つめてきて――。

本当にもう、彼のためなら死ねるとさえ思えた。

可愛い推しを守るためにも、そして王国を是正していくためにも、私も今後とも精進していかねばなるまい。件のフェイラスは相当に執念深い人物のようなので、ルーフェス様に手を出してくることはほぼ確実だろうから。

そして。

「やぁぁぁぁぁぁぁぁあああ！」

「いい気合です！　ですがまだ〝剣で叩いている〟だけ！　左手をもっとうまく使ってくださ
い！」

「おりゃああああああああっ‼」

「うんうん、よくなっていますよ！　その調子で頑張ってください‼」

急きょ始めることになった稽古では、ルーフェス様は無類の成長速度を見せた。

もちろん若いからというのもあるだろうが、何よりもその真面目さに舌を巻く。今では剣聖と呼ばれる私でさえ、八歳の時からこんなに努力を積み重ねてはいなかった。ひたすら親を頼りにし続けていて、自分を高めていこうという意識さえなかった。

けれど彼は違う。

真面目に、ただひたむきに、私の稽古を受けている。

魔法の腕前と比べればたしかに見劣りはするものの、それでも、このまま稽古を続ければいつかは私を超えるだろう。世界最強の剣士になったとて驚きはしない。ルーフェス様にはそれだけのポテンシャルが秘められていると、私には感じられていた。

「はぁ……はぁ……。疲れたぁ……」

二時間後。

一通りの稽古を終えたルーフェス様は、子ども用の兜を地面に置き、近くにあったベンチに腰掛けた。

ここはアルデバラン公爵家の訓練場。

まわりには誰もいないので、私も集中して特訓に取り組むことができた。

「剣術って、難しいんだな……。ちょっと舐めてたよ……」

汗だくになってそう述べるルーフェス様に、私は水筒を差し出した。

「いえいえ、いい筋をしておられましたよ。魔力が尽きてしまった時は、回復するまで剣で凌げるかもしれませんね」

「ははは……ひとまずそこまで成長できれば充分か」

ゴクゴクゴク、と。

ルーフェス様は大胆に水筒の中身を飲み干すと、同じく私の差し出したタオルで自身の顔を拭いた。

「それにしても、シリアンもすごいよな。あれだけ動いて汗一つかいてないじゃんか」

「ふふ、これでも色々と修羅場を経験してきていますからね。これでもっと、私のこと好きになりましたか？」

「何言ってんだ。今そんな話はしてないだろ」

ルーフェス様は少しだけ頬を赤らめると、ちょっと恥ずかしそうにそっぽを向いた。

こうした純真無垢な反応もまた、ルーフェス様が私の推したる所以と言えるだろう。できることならば、この幸せな時間をもっと満喫していたいところだが――。

「どうだシリアン。妙な気配の動きは」

「……そうですね。私たちの稽古は見られていないと思いますが、先ほどから妙な気配が入れ代わり立ち代わり動いていると感じます。やはり、何かしら企んでいるとみて間違いないでしょう」

「そうか……」

執念深いフェイラスは、やはり私たちの幸せを許してくれそうもない。

自分の欲望を叶えるためだけに女性に乱暴をし、それがルーフェス様に阻止されたと思ったら、今度は自身の権力を用いてアルデバラン公爵家を潰そうとする……。

あまりこういう言葉を使いたくはないが、クズ中のクズと言える男だった。

「仕方ない。本当はもう少し練習したいところだが、あんまりグズグズしていられなさそうだ。今日はゆっくり休んで、明日になったら行動するぞ」

「承知しました。今晩は私のほうで屋敷を見張っておきますから、どうぞお部屋にお戻りください」

「……ん？」

私の発言に、部屋へ戻ろうとしていたルーフェス様がくるっとこちらに振り返る。

「なんだ？　おまえは寝ないのか？」

「ルーフェス様に何かあったら大変ですからね。大丈夫です、交代で仮眠は取っておきますので」

「それこそ無用な心配だ。刺客との戦いを見ただろ？　誰が襲い掛かってきても、遅れを取るつもりはない」

むすっと。

ルーフェス様はちょっと不機嫌そうに頬を膨らませた。

「だからおまえも眠れ。今日は疲れただろう」

「あら♪　心配してくれてるんですか？」

「当たり前だろ！　シリアンは俺の大事な――護衛だかりゃな」

噛んだ。今ルーフェス様はたしかに噛んだ。

彼の活舌が不安定になるのは、強い緊張を感じ取っている時。つまり彼は今、ドキドキしながらも私を労わってくれたということになるわけだ。

「お、おい！　なんでそんな微笑ましそうに笑ってるんだよ⁉」

「いえいえ♪　そういうことでしたら、私も休息をいただこうかと思います。明日に支障をきたしてはいけませんからね」

「そ、そうか？　ならいいんだが……」

「はい♪　気遣ってくださりありがとうございます、ルーフェス様」

「べ、別に感謝されるほどのものじゃねーし。それじゃ、俺はもう行くからな。今日は稽古してくれて、えっと、ありがとう」

「ええ、こちらこそありがとうございます」

こんな会話を交わしたのち、ルーフェス様は一足先に自室へと戻っていった。

「ルーフェス様……」

自分でもわかっている。

私はもう二十一歳。

彼にしてみれば〝おばさん〟にしか見えないだろうし、きっと後十数年もすれば、一生涯をともにする女の子を見つけることになるはず。きっとその女の子はとても可愛くて、成長したルーフェス様ともお似合いの夫婦になるだろう。

その時には――私はもう三十代もなかば。

八歳児たる彼を推すなんて、分不相応でしかない。

「バルフ……」

それでもルーフェス様のことを愛しく感じられるのは、やはり亡き弟への未練が残っているからか。当時は私も精神的に未熟で、些細（ささい）なことで弟と何度も喧嘩していた。

――バルフなんか大嫌い！　あんたなんか、もういなくなっちゃえばいいのに‼――


この言葉を突きつけたのを最期に、弟は帰らぬ人となった。

少し大人びてきて、背伸びして一人で観光船に乗った際の不幸だった。船は「謎の沈没」を遂げ、王国軍もたいした捜査をすることもなく、事件性なしとして処理された事故……。

いや。

後ろ向きなことを考えるのは、もうよそう。

今の私は剣聖シリアン・ユーシアス。

大切な主たるルーフェス様を守るべき立場だ。

「申し訳ございませんルーフェス様。私はやはり、あの時と同じ過ちをしたくないのです。今の私にとって、あなたはかけがえのない人。どうか、全力でお守りさせてください……」

そう呟くや、私は寝室とは逆方向へと進み、自身の両頬を強く叩くのだった。

3

翌朝。

いつも通りシリアンと朝食を取った俺は、さっそく帝国に乗り込むことにした。

目的地はもちろん、『帝都エルサレドのサードル地区、2の6の8』。ここに監禁されている女性を助け出すことで、フェイラスの悪事を白日の下に晒し、あいつの横暴をやめさせる。それが今回の狙いだ。

「しかし、どうされるんですか？　怪しげな気配が動き回っている以上、簡単には帝国への国境を通らせてくれないと思いますが……」

自室を出る前、シリアンがそのように訊ねてきた。

「心配する必要はない。すでに方法は考えてある」

一般の常識で言えば、エルドシア帝国に渡る方法は全部で三つある。

一つが徒歩で国境門をくぐること。一つが飛行船で国境を越えること。一つが船で帝国へと渡ることだ。

しかしこんな方法をとっていたのでは、帝国へ渡るだけでも二、三日はかかってしまう。

ここは帝国派が取り仕切っているとはいえ、帝国まではそれなりに距離があるからな。一番早く移動できる飛行船でさえ、二日は見積もらないといけない。

ではどうすればいいのかと言えば――ゲームでお馴染み(なじ)の〝あれ〟を使用することだ。

「とりあえずついてきてくれ。早ければ二時間後には向こうの領土についている」

「へ……？ に、二時間後ですか？」

「ああ。とりあえず馬車を用意してほしい」

「しょ、承知しました……！」

いまだに理解できない様子で目を瞬かせていたが、俺の指示通り、シリアンはすぐに馬車を手配してくれた。


俺の狙いはたった一つ。

ゲームではお約束の〝ワープポイント〟を発掘することだ。そこに足を踏み入れれば、距離的にはどんなに離れていようとも、一瞬で当該の場所に辿り着くことができる。

まあ、言ってしまえばプレイヤーのための便利機能でしかないんだけどな。

一度行ったことのある場所なのに、イベントごとに同じところを行ったり来たりするのは骨が折れる。だから少しでもゲームのテンポを改善するために、多くのＲＰＧでは〝ワープポイント〟が設定されているのだ。

その存在をゲームの住人が知っている作品もあれば、なぜか〝ワープポイント〟を知らないゲームもあるが、《零魔の刻》は後者ってことだな。

だからシリアンも〝ワープポイント〟のことに思い当たりもしないのだろう。

「あ、あの、ルーフェス様。どうしてこんなところへ……？」

公爵家から馬車で二時間ほどかかった、集落の跡地。

そこにずんずん足を踏み入れていく俺に対し、さしものシリアンも不思議そうに訊ねてきた。

ゲームの設定上、ここにはもう誰も住んでいないからな。

そんなところへ足を運んできた俺に対し、疑問を感じるのは何もおかしなことではないだろう。

もしここが《零魔の刻》の世界観そのものであるなら、帝国へ繋がる〝ワープポイント〟も近くにあるはずだが……。

「お、あったあった」

そして寂れた家屋を捜索していた時、俺はたしかにそれを見つけた。

淡い黄緑色に煌めく、成人の肩幅分はありそうな光。空に浮かんでいるのではなく、床の一点が光っているようなイメージだな。

「ルーフェス様、それは……」

「〝ワープポイント〟だ。この光に乗れば、帝国へと一瞬で転移することができる。それも『帝都エルサレドのサードル地区、2の6の8』近辺へな」

「え……」

さすがに困惑を隠しきれないシリアン。

当然だ。この世界の住人が誰も認識していないものを示されたら、誰だって戸惑うものだろう。

「気持ちはわかるが、ひとまずついてきてくれ。どの道、普通の方法で帝国に向かっていったんじゃ間に合わないんだからな」

「わ……わかりました」

シリアンはこくりと頷くと、俺とともに光へと足を踏み入れた。

突如、俺たちの身体を黄緑色の光が包み込み、俺も思わず目を細めると——。

次の瞬間には、まったく違う景色が目前に広がっていた。さっきまでは集落跡地にいたはずが、ここは整理の行き届いていない倉庫の中か。

「よし……」

どうやらうまくいったようだな。

ゲームプレイ時に何度も訪れた場所なので、もはや周囲を確認せずともわかる。

「ルーフェス様……。まさか、ここは……」

あたりをきょろきょろ見渡すシリアンに対し、俺は両手を腰にあてがうと、自信たっぷりに言った。

「帝都エルサレドのサードル地区。フェイラスの犯行場所の近くでありゅ」

「…………そんな、本当にこんなことが……」

またしても噛んでしまったが、さしものシリアンもそこまで意識が向いていないようだな。

引き続き、驚愕を隠し切れない様子でまわりを見渡している。

「ルーフェス様、あなたは本当になんでもご存知なのですね……。私はもう、あなたを尊敬しても尊敬しても足りなそうです」

「いやいや……さすがに言いすぎさ」

客観的に見れば、俺はただゲーム知識を披露しているに過ぎないからな。

本当にたいしたことはしていないので、そこまで大層に褒められると困る。決して照れてるわけじゃない、困ってるだけだ。

というわけで。

俺たちは周囲に怪しい気配がないか確認しつつ、倉庫の外に出ることにした。

帝国人と王国人で、見た目に大きな差はないからな。特に変装などせずとも、うまいこと帝国に紛れ込むことができるだろう。

帝都エルサレドのサードル地区。

ここは平たく言えば、帝都でも指折りの富裕層が住んでいるエリアだな。

レンガを基調とした瀟洒（しょうしゃ）な街並みに、所々に設置されている噴水がまたいい雰囲気を出しているな。店舗で売られている品物はどれも高級品ばかりだし、あたりをうろついている者たちもすべからく富裕層だったはずだ。

だからこそ、俺たちのような者も問題なく紛れ込むことができる。

もちろん部外者には違いないので、あまり不用意にあちこち出向くことはできないけどな。

それでもまあ、スラム街にいるよりは目立つこともないだろう。

「フェイラス、こんなところで女性を弄んでいたのですか……。許せませんね……」

「あいつはあれでも侯爵家だからな。下級の貴族たちを従えて、うまいこと身を隠しているんだろう」

帝都近辺にもスラム街に似た場所はあるが、そこだとまるで統治がなされていないからな。最悪、フェイラスの命令に背く者が出てこないとも限らない。その意味で、奴はサードル地区に拠点を構えることにしたのだろう。

そして。

「ルーフェス様、この屋敷が該当の場所でしょうか」

「ああ。間違いない」

それからおよそ二十分後、俺たちはある屋敷の前で佇(たたず)んでいた。

サードル地区のなかでも隅っこに位置する、今はもう誰も住んでいない建物だけどな。数年前に貴婦人が亡くなってからは住み手が見つかっておらず、蔦(つた)なども伸び放題で、サードル地区にはあまり似つかわしくない場所と言える。

いや——正確には、新たな住人がここに転居しようとした場合、リオアーク侯爵家がそれを突っぱねているんだったか。上級の公爵家はこんな屋敷に住もうとはしないし、それで今までうまくやってこられたんだろう。

「なるほど……。たしかに不穏な気配がいくつも感じられますね」

シリアンもただならぬ雰囲気を感じ取ったのか、神妙な顔つきで頷いている。

「しかし屋敷には人がいないようです。もしここに監禁されているとなれば……何らかの手段で隠されているとか？」

「はは、さすがは鋭いな。その通りだよ」

俺は周囲に人がいないことを確認すると、塀を飛び越えて敷地内に入ろうとするが——。

「ていっ」

「ていっ」

まずい。こりゃ駄目だ。

ゲーム中の主人公だと、その身体能力を活かして軽々と塀を飛び越えることができた。しかし今の俺はひ弱な八歳児なので、そんなふうに動き回ることができない。

「ていっ」

そう言って何とかジャンプするも、やはりこのルーフェスは魔法以外の才能がない。

自身の倍以上はある塀をまったく飛び越えることができず、俺は早くも涙目になっていた。

「シ、シリアン……。助けてくれ」

「はい♪　もちろんです」

シリアンはにっこり笑うと、俺を優しく抱きかかえ、さっと跳躍した。

さすがは剣聖と呼ばれているだけあって、俺のそれとはまるで違うな。俺が汗だくになっても乗り越えられなかった塀を、軽々と飛び越えてみせた。

「気にしなくていいんですよルーフェス様。あなたも後十年もすれば、同じことができると思いますから」

「む、無理に慰めなくてもいい。別に落ち込んでないからな」

「なんと、さすがはルーフェス様。お強いですね♪」

ぐぬぬ……シリアスな場面のはずなのに、何だか締まらないな。

まあ仕方ないか。シリアンがいないとこの潜入は成功しないので、何とか一緒に切り抜けるしかないだろう。

ちなみにだが、今回は一応変装をしている。

目的はあくまで《フェイラスの社会的抹殺》であって、俺の正体が知られるメリットなんてないからな。むしろ帝国派筆頭たるアルデバラン公爵家が帝国に刃を向けたことで、より父レザードの心労が増える可能性がある。

だから極力、俺の正体は知られずに潜入を達成させる必要があった。

元の体型がわからないように大きめのローブを羽織り、頭部を完全に隠している形だな。

「それでルーフェス様、ここから先はどうされるのですか？」

「あ、ああ……。後は合言葉を唱えるだけでいい」

「合言葉……ですか？」

「これだよ。《零魔のパンデモニウム》」

俺がそう唱えた瞬間、低い音をたてながら、目の前に地下階段が出現した。

考えるまでもなく、フェイラスが秘密裏に多くの女性を監禁している場所だな。フェイラスとその取り巻きたちは、いつも周囲に人気がないのを確認してから、上述の合言葉を唱えることで監禁場所に足を運んでいる形となる。

「なるほど、そういうことでしたか……。ルーフェス様、やはり本当になんでもご存知ですね」

「褒めるのはいいから、早く俺を降ろしてくれ。恥ずかしくて敵わん」

「あら♪　私はこのままでも全然いいんですが」

シリアンはそう言ってにっこり笑うと、頼んだ通り、俺を地面に降ろしてくれた。

前世の分と合わせれば、俺はもう四十年以上生きていることになるからな。子どもの時ならともかく、この歳になって女性に抱っこされるのは辛い。……まあ、今の俺は実際に子どもなんだけど。

「じゃあ、さっそく突入するとするか。当然だが、トラップの類はほとんど設置されていない。雇われ兵士だけ警戒するぞ」

「了解です！」

威勢よく返事をすると、シリアンはきっと表情を引き締めるのだった。


階段を下っていった先も、やはり《零魔の刻》と同じ光景が広がっていた。

薄暗い通路がどこまでも広がっていて、光源といえば、壁面に設置されている灯かりのみ。綺麗に整備された地下施設というよりは、洞窟を人が行き来できるように整えてあるだけといった雰囲気だな。


もちろん、この通路自体はそこまで複雑な構造ではない。

フェイラスはそこまで知能の高い人物ではないため、あまり難解な形にしてしまうと、自分自身が帰れなくなるだろうからな。ゆえに目的地に向かうこと自体は難しくないのだが、もちろん、なんの障害もないわけでもなく——。

「なんだ、おまえたちは……！」

「はん、フェイラス様の仲間ではなさそうだな……！」

奴の雇っている剣士たちが、行く手に待ち受けているのだった。

ゲームの設定によれば、あいつらは帝国軍の元兵士たち。現役時代に手を出していた犯罪行為が明るみとなり、路頭に迷っているところを、フェイラスに雇われていたという設定だったはずだ。

彼らにしてみれば、フェイラスは飯を食わせてくれている恩人。

ゆえにこの場で女性が監禁されていることを周囲に漏らさないし、そして当然、全員が精鋭中の精鋭だ。見張りにつかせるには絶好の人材だと言えるだろう。

「侵略者は一様に殺せ！　フェイラス様からのご命令だ！」

「……やれやれ、血の気の多い連中だ」

俺はふうとため息をつきつつ、猛然と突っ込んでくる元兵士の攻撃に備える。

敵の数は合計で六人。

しかもゲームの知識が正しければ、通路の奥側にはさらに五名もの兵士たちが控えているはずだ。

人数だけで言えばこちらが不利だが、しかしこちら側には最強の剣聖シリアンがいる。

「――せいっ！」

「ぐおおおおおっ！」

「馬鹿なっ…………！」

目にも止まらぬ速度で縦横無尽に動き回り、剣を振るい続けるシリアン。

あまりにも速すぎて、俺の目にも光の筋があちこちを行き来しているようにしか見えないな。

いかに元兵士たちの集まりといえども、さすがに分が悪いと言わざるをえない。

「ふふ……。後は俺に任せておくがいい。残りの敵は俺の魔法で……」

「？　どうされたのでしょうか、右手を差し出して」

深い笑みとともに魔法の準備をしていた俺に、きょとんとした表情で問いかけてくるシリアン。驚くべきことに、彼女はとうに剣を鞘に納め、涼しい表情を浮かべている状態だ。

――まさか。

冷や汗とともに改めて前方に目を凝らすと、元兵士たちはすでに全員地面に伏せていた。しかも奥側の通路で身を潜めていた連中もまとめてだ。

「い、いや、なんでもないさ」

右手をさげつつ、俺は半笑いを浮かべながら応じる。

「俺の魔法で他の敵を蹴散らそうとしたとか……決してそんなんじゃないからな」

「うふ♪　私と一緒に戦おうとしてくれたんですか？」

「い、いや、だからそうじゃないって言ってるだろ」

……やべえな。

こんなに強いとか、やっぱりシリアンはチートそのものだろ。

さすが多くのゲーム中毒者を絶望に陥れてきただけはある。

「大丈夫ですよルーフェス様。あなたには……私が指一本触れさせませんから」

「そ、そうか……。恩に着るよ」

まあ実際、今でも多くの女性がフェイラスに虐げられているわけだしな。

俺が余計なことをするよりも、戦闘面ではシリアンに任せておいたほうがいいだろう。理由はわからないが、彼女も充分気合いが入っているようだし。

「さあいくぞ。フェイラスは一番奥の部屋にいる。一気に突き進むぞ！」

「ええ、もちろんです‼」

彼女の返事を合図に、俺たちは急いで目的地へと駆け出していく。

構造そのものは単純だが、この地下通路には沢山の部屋があるからな。一つずつ探索していっては時間がないため、前世のゲーム知識に物を言わせ、とにかく最短ルートで奥へと向かっていった。

普通であれば、彼女も疑問を抱くはずだ。

俺がなぜ目的地への最短ルートを知っているのか。

そして本当に俺の行くままについていっていいのか。

数々の疑問が浮かんでくるはずだが、それでも、シリアンは黙って俺の背後についてきた。

――理由ですか？　決まってるじゃないですか。ルーフェス様についていくと決めたからですよ――

その意図について、彼女はこのように返答してきた。

帝国への〝ワープポイント〟を俺が知っていたこと、地下通路へ繋がる合言葉を俺が把握していたこと。それらを踏まえて、ここは素直に俺に従ったほうがいいと考えてくれたんだろう。

これは俺としても助かることだった。

敵陣地で余計なことに時間を取られるわけにはいかないからな。

そして。

「ん……？」

順調に地下通路を進んでいると、俺はその途中で気になるものを見た。

「あれは……猫か？」

強固な檻のなかに、一匹の動物が閉じ込められているのである。

風貌そのものは前世にもいた猫とそっくり。

足が短く、もこもことした青色の長毛に包まれていることから、種族としては長毛種か。背中のあたりから白い羽が生えていて、かすかながら魔力が感じられるな。

「そうか、思い出したぞ……」

この猫は普通の動物じゃない。

神獣マロと呼ばれる、成長とともに莫大な魔力を持ち始める神獣だったはずだ。

ゲームプレイ時だと、ここを訪れた時にはもうフェイラスに売り払われていたはずだけどな。しかしシナリオが大きく改変されたおかげで、売られる前に神獣の赤子に出会うことができたようだ。

「み、みゃお～ん……」

相当辛い目に遭ってきたのだろう。

神獣マロは今、檻のなかでぶるぶると震えている。もしかすれば俺たちのことさえも、危害を加えてくる悪人のように思っているのかもしれない。

「ル、ルーフェス様、どうされたのですか……？」

「この猫を助ける。このまま放っておくわけにはいかないだろう」

俺はそう言うと、今度こそ右手を前方に突き出す。

「安心しろマロ。おまえは傷つけず、檻だけを破壊する」

――幻属性・中級魔法、幻影剣（げんえいけん）。

俺は心中でそう唱えると、体内の魔力を右手に集中させる。そして次の瞬間には、魔力で精製された剣が、猫を閉じ込める檻を激しく斬りつけ始めた。

マロはいま、檻の隅っこで縮こまっているからな。その逆側を攻撃することで、マロを傷つけずに救出できる目論見だった。

「よし、これで完了か……！」

果たして数秒後、マロを閉じ込めていた檻の一部が破壊された。神獣さえ助けられれば充分なので、すべてを破壊する必要はない。

「に、にゃ……？」

当のマロは現在、引き続き檻の隅っこで身を固めている状態。

この様子だと、相当フェイラスにひどい目に遭わされていたようだな……。人の言葉がわかる種族ではあるので、一応は話しかけてみるか。

「おまえを助けにきた。またフェイラスが来る前に、俺たちについてこないか？」

「にゃ……？」

「もちろん無理にとは言わない。檻は壊しておいたから、おまえ一匹でも抜け出すことは可能だろう」

「…………」

「だがこの通路は引き続き、フェイラスの雇った兵士たちが巡回している。ここには剣聖シリアンもいるし、俺たちについてきたほうが安全だと思うんだが――どうだ？」

「にゃ…………」

神獣マロは数秒だけ、大きく開いた瞳孔で俺とシリアンを見つめる。

そして一歩ずつゆっくりと俺たちに近づいてくると、遠慮がちに俺の懐に飛び込んできた。

「にゃぁ……」

やばい。

やばいぞこれは。

もふもふすぎて語彙力失うくらいにやばい。

長毛種というだけあって、毛がもこもこしているからな。といって毛が服についてくることもなく、ほんのりといい香りが漂ってくる。

俺も前世では動物が好きだったし、マロがとても可愛いこともあって——自身の欲求に抗えず、思わず〝なでなで〟してしまった。

「にゃあ……」

「ふふ……♪」

もふもふを堪能している俺を、シリアンが微笑ましそうに見つめてくる。

「ルーフェス様、猫がお好きならレザード様にそう言えばよかったのに。きっとすぐに連れてきてくれたと思いますよ♪」

「ち、違う。断じてそういうわけじゃないぞ」

俺はこれから、俺自身の生き残りをかけて戦っていかねばならない。そしてそのためには、俺が優れた領主であると巷間に知らしめないといけない。

だからより威厳を出していくことが今後の課題なのに……動物が好きなんて、そんなこと知られたらまずいじゃないか。

「とにかく、勘違いするなよ。俺が神獣を助けたのは、別に、もふもふが好きだからってわけじゃないからな！」

「ふふ、そうですね♪　レザード様たちには言わないでおきます♪」

「ほ、本当にわかってるんだろうな……」

不安が拭いきれないが、今はこんな馬鹿らしいやり取りをしている場合ではない。

俺の記憶が正しければ、ボス部屋――フェイラスが待っている場所――に達するには、まだ時間がかかるからな。監禁されている女性たちを助けるためにも、一刻も早くボス部屋に辿り着く必要があるだろう。

ということで、俺とシリアンは再び地下通路の攻略を始めた。

ちなみに神獣マロについてだが、こちらも戦力として期待することができそうだ。

さっき檻に閉じ込められていた時は、手足に強固な魔法具が嵌められていたからな。それが神獣の力を大幅に削いでいたようだが、その魔法具を外した後は、監禁時とは比較にならないほどの力を解放し始めた。

「にゃおん！」

「ぐおっ……！　馬鹿な……！」

警備兵の顔面に猫パンチをかまし、その一撃でもって気絶させるくらいには、マロの力はすでに卓越していた。さすがは《零魔の刻》内でもぶっ飛んだ力を持っていた神獣というだけあって、子猫の時点で信じられない戦闘力を有しているようだ。

「にゃおん♪」

「はは……すっかりその気か……」

さっきまではあんなに怯えていたのにな。

なかなかどうして肝っ玉の強い性格をしているようだ。

もちろんシリアンも相変わらず化け物のように強いので、俺たちの勢いが止まることはなく……。想定よりも早く、ボス部屋へと到達することになった。


「な、何だおまえたちは……!?」

地下通路の最奥部。フェイラスの部屋にて。

いきなり室内に押しかけた俺たちを、フェイラスの間抜け面が出迎えた。

もちろん今の俺たちは変装状態なので、あいつには俺たちの正体がわからないはずだ。声にも魔法をかけ、本来のトーンよりだいぶ低くなっているからな。

「はっ、何だってことあるかよ。おまえが裏でコソコソしょうもないことをやってるって聞いてな。裁きを下しにきたんだ」

「ば、馬鹿を言うな！　俺はフェイラス・リオアーク様だぞ！　こんな横暴が許されると思ってるのか‼」

「おいおい、横暴なのはどっちだよ間抜けめ」

フェイラス・リオアーク。

俺たちが部屋に突撃した時、こいつは何ともみっともない恰好をしていた。

白シャツの第三ボタンまでをも外し、ソファに座らされている女性に触れようとしていた瞬間だったのだ。もちろん女性側は非常に怯えた様子で、今でもソファの上で縮こまっている状態だ。

それだけではない。

室内を観察すると、他にも捕らえられたであろう女性たちが並んでいる。

全員肌着で室内に突っ立っていて、両足には重そうな拘束具が嵌められていて……どう考えても、人の尊厳が保たれているような状況ではない。

ゲームの設定通り、こいつは正真正銘のクズ野郎だったようだ。

「…………」

シリアンも同様のことを考えたのか、室内を見渡して険しい表情を浮かべると――。

一段と厳しい視線をフェイラスに向け、剣の切っ先を奴に向けてみせた。

「フェイラス・リオアーク。今のあなたは貴族の地位を誇示できる立場にない。自身の欲望を満たすためだけに、多くの女性を捕らえているその所業。それが世間に知れ渡ったら、あなたはどうなるとお思いか」

「うっ…………」

「見れば、リィスティア王国にて行方不明となっている女性もそこにいる模様。もはや言い逃れは不可能だ」

「ぐ……ぐぐぐ……」

フェイラスは慌てたようにシャツのボタンを留め直すと、今度は俺を見て叫び声をあげた。

「すっかり勝った気のようだが、俺とて《風使い》と呼ばれている身！　まずは貴様から葬ってくれるわ！」

「へぇ……？」

俺はふっと不敵な笑みを浮かべると、ズボンのポケットに両手を突っ込む。

その瞬間、俺のまわりに禍々しい真紅のオーラが発生。地下通路そのものを揺るがす大震動が発生した。

俺の解き放った魔力に、一帯が激しく反応しているのだと思われる。

「ぬおっ……！」

その震動を受けて、フェイラスは顔の前で両腕を交差する。

「ば、馬鹿な……！　その尋常ならざる魔力、いったい何者だ！」

「さぁ、どうかねぇ？」

歯ぎしりをするフェイラスに向けて、俺は問答無用で幻魔法を発動した。

使用するのは、中級魔法の《ファントムブレード》。高密度の魔力で構成された〝幻の剣〟を対象者に飛ばすことで、かなりの大ダメージを叩き込む大技である。

とはいえもちろん、さすがにあいつを殺すわけにはいかないからな。

今回はひとまず、ぎりぎりフェイラスの頬を掠っていくように狙いを定めた。

「なっ…………！」

すさまじい轟音を立てつつ、ファントムブレードは狙い通りフェイラスの頬を掠めていく。

その影響で壁面に大きな穴が穿たれたが、そこにはもちろん誰もいないので、被害者は出ていない。

「は…………？」

その大穴が開いた壁を見やると、フェイラスは怯えたような表情で俺を見つめた。

「お、おい……。今の魔法、おまえが放ったんだよな……？」

「当たり前だろ。なんだよ、頭だけじゃなく目も悪いのか？」

「信じられん……。もはや達人の域に達しているではないか……！」

まあ実際、俺はこの一週間でかなり強くなったからな。

やはりこのルーフェス・アルデバラン、尋常ならざるほどの才能を持っているようだ。

本来の主人公たるディシアも後々信じられないほどの力を手にすることになるが、それに匹敵する——いや、ディシアさえも上回るかもしれないな。

「これでわかったでしょう。抵抗するだけ無駄であると」

そう言って、剣聖シリアンが少しずつフェイラスに歩み寄っていく。

「投降なさい。さすれば少なくとも、あなたを無用に傷つけることはなくなります」

「は……ははは。はーはっはっはっはっはっは!!」

いったいどうしたことだろうか。

フェイラスはふいに両腕を左右に広げ、大笑いを始めた。

「マジで助かった。転売するために入手しておいたあいつが、まさか役に立つことになるなんてな！」

「何だと……？」

転売するために入手していたあいつ。

この地下通路には強力なボスなんていなかったはず。俺たちがシナリオを変えまくったせいで、未来のルートに変化が生じたのか？

いや、今は四の五の考えている場合ではない。

取り急ぎ、フェイラスの奴を拘束しなくては……！

俺は再び幻魔法を発動しようとしたが、その瞬間、目前に信じられない光景が広がった。

「ドォォアアアアアアア……！」

あれは、ドラゴンか。

人間など比較にならないほど巨大な、全身が暗緑色の鱗に覆われたドラゴン。この部屋も広大であるゆえに二次災害は出ていないが、もしトルトス村などにこいつが現れたら、それだけで家屋の一つや二つは破壊されるだろう。

そして刺々しい両翼に、鱗と同じく暗緑色の瞳。

間違いない。

本来ならゲーム終盤にて戦うことになるはずの、超凶悪ボスモンスター——死龍デスブラッドだ。

すべてのステータスが突出して高く、名のある冒険者でさえ倒すのに苦労する。

しかし討伐できた際の見返りも非常に高く、死龍から剝ぎ取れる素材は強力な武具に化けるほか、売却値もかなり高い。特にこいつの鱗はきらきらとした煌めきを発し続けているため、一部の愛好家にはとても人気なんだよな。

——マジで助かった。転売するために入手しておいたあいつが、まさか役に立つことになるなんてな！——

フェイラスはさっき、このように言っていた。

たしか正規シナリオでは、今から一週間後くらいにディシアがここを訪れることになっていたはずだ。その時点では売却されているはずの死龍デスブラッドだったが、突入のタイミングが早かったために、こいつと戦う羽目になってしまったということか……！

「おのれ、あの程度の魔物くらい……！」

シリアンが険しい表情とともに駆け出そうとするも、

「おっと！　おまえの相手はこいつらだ！　本当は商人どもに売りつけてやろうかと思ったが、もはやそんな生温いこと言っていられる場合ではない！」

フェイラスがパチンと指を鳴らすと、なんと別の場所からも魔物たちが姿を現した。

骸骨型の魔物——スカルソードナイト。

骨格のよい骸骨が剣と盾を持っているような魔物で、死龍ほどではないにしても、こいつらも高い戦闘力を有している。いかに剣聖シリアンといえど、五体ものスカルソードナイトに囲まれてしまったら、すぐには切り抜けられないだろう。

「あっはっはっは！　絶体絶命のピンチだなぁおまえら！　さあ化け物ども、一刻も早くこいつらを殺せぇ！」

「ゴォォォォォオオ……！」

「ガァァァァァァァア！」

フェイラスの命令に従って、魔物たちが俺とシリアンに唸り声をあげた。

「くっ…………！」

魔物たちをよく観察してみると、腕あたりに緑色の腕輪が嵌められているな。

あれはおそらく《使役の腕輪》――文字通り、魔物を従わせるための力が込められている魔法具だ。

フェイラス自身に魔物を使役する力はないはずだからな。

あの魔法具を用いて、魔物たちを配下に置いているのだろう。

「も、申し訳ございません！　今すぐにお助けにまいりますから……！」

そしてフェイラスの思惑通り、シリアンはスカルソードナイトとの戦いに時間を取られてしまっている。今すぐに俺を助け出したいようだが、スカルソードナイトほどの強敵を倒すには、さすがにもう少し時間がかかるだろう。

「ゴォォォォォォオ……！」

つまり俺は、戦闘力が覚束ない八歳児の身で、ゲーム終盤モンスターである死龍デスブラッドに勝利せねばならないわけだ。

「はははははははは！　どうだ愚かな侵入者どもよ！　帰ってママのおっぱいでも飲みたいか!?　はははははははは！」

片やフェイラスはもう勝利を確信しているのか、下品な高笑いをあげ続けている。

「はっ……」

だが当の俺は、無意識のうちに口角を上げていた。

理屈で考えれば、まず間違いなく今の俺には勝ち目のない相手。

だが先日戦った刺客と同じく、死龍デスブラッドとは《零魔の刻》にて何度も戦った魔物だ。

ゆえになぜか――まったく負ける気がしなかった。

「ゴォォォォォオ！」

死龍は低い咆哮をあげると、目にも止まらぬ速度で自身の爪を振り下ろしてきた。

たしかあの爪には猛毒が含まれており、たとえ重装備に身を固めた者であろうとも、喰らえば致命傷は免れないはずだが――。

俺はその死龍の攻撃を、最小限の動きで躱してみせた。

もちろん最初の一撃だけではない。

その後に繰り出される死龍の攻撃についても、俺は粛々と回避し続ける。

本来、八歳児の肉体能力では絶対に死龍の猛攻に対処できないはずだけどな。

しかしやはり、前世で《零魔の刻》をやり込んでいたことが実を結んだらしい。俺の記憶には死龍デスブラッドの攻撃パターンが完璧に残っており、それのおかげで無意識のうちに回避できている。

「な、なんだって……!?」

それを見たフェイラスは、当然のごとく困惑の声をあげている。

「おい、どういうことだよ！　こいつは名のある実力者でさえ苦戦する死龍だぞ！　なぜ攻撃を躱せる！」

「いちいちうるさい奴だな。いい加減黙っとけ」

そう言いつつ、俺は風魔法のエアリアルクローを発動。

風の奔流が今度こそフェイラスを呑み込んでいき、たっぷり肥えた奴の身体を軽々と宙へ持ち上げた。

「ひゃあああああああああ！」

そして風に流されるまま、フェイラスの頭部が天井に激突。

そのまま床に激突した時には、さしもの帝国貴族様も気を失っていた。

「……はは」

けれど今回のメイン標的はフェイラスではない。

あいつにも攻撃が届くように狙いを定めてはいたが、魔法の大部分は、死龍デスブラッドに直撃するように調整していたはずだ。

結果、フェイラスをついでに吹き飛ばすことには成功したが、死龍には掠り傷一つ与えられなかった。

「グルルル……」

俺の魔法などなんでもなかったかのように、奴は再びこちらを威嚇（いかく）しているのみである。

やはりあの死龍は別格の強さを誇っているな。

いくら《零魔の刻》での経験があるとはいえ、そもそものステータスがまったく足りていない。

「ふう……」

ひとまず気を落ち着かせるべく、俺は頭を覆っていたローブを外し、空気をたっぷり肺に取り入れる。

まあ仕方ないだろう。

シリアンがこっちに加勢してくれれば逆転できるだろうし、それまでは耐えるしかない。問題はそれまでの間、この八歳児の身体が頑張れるかどうかだが……。

ちなみにだが、《使役の腕輪》を破壊するのはナンセンス。

フェイラスからの命令が解除されて、今度は無思慮に周囲を破壊し尽くすだけだ。そうなればここに捕らわれている女性たちにも被害が及ぶので、それだけは避けねばならない。

いったいどうするべきか……。

神獣マロについては、現在、俺の懐で縮こまっている状態だ。さすがに死龍デスブラッドを見て怯えているようだし、実際、今のマロでは死龍に手も足も出ないからな。

ここはひとまず、俺の懐で大人しくしてもらうのが得策だろう。

と、次の瞬間だった。

「いまだ！　総員で魔物を取り囲め！」

「はっ！」

ふいに聞き慣れない声が響きわたったかと思うや、突如、数名の兵士たちが突っ込んできた。しかも全員が俺たちの味方をしているのか、死龍デスブラッドやスカルソードナイトを取り囲んでいる。

「な、何だ……？」

あまりに予想外の出来事で、俺も状況が呑み込めない。

この場所への潜入は昨日の今日決めたこと。

援軍を頼んでおいた覚えはないのだが……。

「よかった、間に合いましたか……！」

戸惑う俺にそう声をかけてきたのは、なんと先日、トルトス村で名前を聞いたばかりの伯爵家だった。登場回数は少ないながらも、〝青髪〟と〝琥珀色の瞳〟が特徴的なイケメン貴族ゆえに、女性ユーザーからのファンがめちゃめちゃ多い――。

「ニアレ・フェイロ！　どうしておまえがここに……！」

「そ、それはもう、トルトス村でのルーフェス様の豪胆ぶりに感化されまして……。帝国貴族というだけで怯えていた自分が情けなくなって、自分なりにこの場所を突き止めて……」

そこまで言ったところで、ニアレが目をぱちぱちさせる。

「と言いますかルーフェス様、私のような貴族の端くれの名前も覚えてくださっていたのです

ね？」

「当然だ。近い場所に住んでいるんだからな」

まあ本当はゲーム知識のおかげなんだけどな。

今それに言及するのは野暮ったいので、今はひとまずここまでに留めておく。

「……それでニアレ。今の話しぶりからすると、俺の味方ってことでいいんだな？」

「当然です。先日のルーフェス様の勇気に触れて……僕も目が覚めましたから」

「はっ……そうか」

前述の通り、ニアレはゲームシナリオ上あまり登場しない。

だから彼のことはほとんど知らなかったんだが、よもや、ここまで器の大きな人物だったとはな。

実際、ここで助けに来てくれたのは助かる。

俺とシリアンだけでこの場を切り抜けるのは、どうしても苦しかっただろうしな。

「くっ、何なんだこのドラゴン！」

「なかなか強いな……！　総員、あの爪には注意しろ！」

「こっちのスカルソードナイトもなかなか強いぞ……！」

けれど、これで万事解決というわけでもなさそうだ。

死龍デスブラッドはもちろん、スカルソードナイトもかなり強い。ニアレが連れてきた兵士は合計で五名ほどなので、これだけでは決定打に欠けるだろう。

この状況での最適解は、ただ一つ。

「ニアレ。すまないが、一時的に彼らの指揮権をもらってもいいか？」

「へ……？　ルーフェス様が、ですか？」

「ああ。全員無事でこの状況を突破するには、それしか方法がなさそうだ」

「………」

そこで数秒、目を閉じるニアレ。

立場だけで考えれば、たしかに俺のほうがニアレより上。

だから俺が指揮権を持つこと自体は違和感がないものの、しかし言うまでもなく、俺はまだ八歳児だからな。この土壇場で下手な指揮を取ってしまえば、最悪、兵士(かれら)が死亡してしまう可能性がある。

だからニアレも葛藤していたようだが——数秒後には、ぴったり綺麗に三十度のお辞儀をしてみせた。

「イエス・マイロード。トルトス村での勇姿を見た時から、僕は誓ったんです。ルーフェス様に一生ついていくことを」

はは、一生ついていく……か。

そこまで言われるとこそばゆいが、今はその忠誠心に感謝しよう。

「総員、聞け！　今この瞬間より、皆の指揮権をルーフェス様に移すこととなった！　ともにこの状況を切り抜け、帝国貴族の不正に鉄槌を下していこう!!」

「………………イ、イエス・マイロード!!」

兵士たちもさすがに戸惑ったようだが、四の五の考えていられる状況ではないからな。

ニアレの作戦に乗じてきた時点で、少なからず俺への忠誠心はあるはず。ひとまずは問題なく、俺の指揮を了承してくれた。

勝負は——ここからだ。

俺は《零魔の刻》の記憶を最大限に呼び起こしながら、兵士たちに向けて大声を発した。

「アーレ！　その予備動作は火炎放射に繋がる！　右方向に避けて、その後右腕を狙え！」

「ヴェルダ！　スカルソードナイトはシリアン一人で充分だ！　死龍デスブラッドに集中しろ！」

「ラッセ、そこにいると危険だ！　三歩後退して水魔法を発動！」

「ニアレ！　兵士たちが気を惹いている間に溜め攻撃の準備をしろ！」

何度も何度もゲームをやり込んできたおかげか、思い出そうとすれば、兵士たちの顔と名前を想起することができた。

彼らの能力値や、得意とする攻撃。

死龍デスブラッドの攻撃パターン。

それらの記憶を手繰り寄せながら、俺は兵士たちに指示を与え続けた。

人生、いったい何があるかわかったもんじゃないよな。《零魔の刻》なんてそこまで有名なゲームではなかったし、こんなものをやり込んでいる時点で馬鹿にされ続けてきたのに……。

「ル、ルーフェス様、なんで俺たちの名前まで知ってるんだ……?」

「名前だけじゃない。特技までばっちり把握されてるぞ」

「つーか、死龍の攻撃を完璧に読んでるな……」

さしもの兵士たちも驚愕を隠せない様子だったが、俺の指示には素直に従ってくれた。

最初の段階で、俺の発言が〝間違ってない〟と察したんだろうな。当初はさすがに困惑していたものの、今では俺を信用してくれている。

「アーレは正面から爪を攻撃！　反撃の可能性はない、臆せず突っ込め！」

「わ、わかりました……！」

アーレは意を決したように突進を開始。回避も何も考えていない、端から見れば捨て身の攻撃だ。

よしんば死龍にダメージを与えられたとしても、相手は防御力も一流の魔物。

どうせ手痛い反撃を喰らうのがオチであると、素人ならばそう考えるだろう。いくら兵士たちが日頃から鍛えているとはいえ、一人一人の実力は死龍には及ばないからな。

「ギュアアアアア……！」

しかしアーレから爪を攻撃された死龍は、まるでこの世の終わりのごとく、激しく悶え始める。

「え……？」

当のアーレも目をぱちくりさせていたが、俺にとっては予想の範囲内。

《零魔の刻》にはいくつかの隠しステータスがあり、今回俺が狙ったのは「怯(ひる)み値」のカンスト。特定の部位を攻撃し続けるごとに「怯み値」の数字が蓄積され、それが一定量に達した時、魔物が大きく怯むという構図だ。

もちろん、隠しステータスを考慮しながら戦うのは至難の業。

一朝一夕に身に着けられるものではないし、知らない人から見れば神業とさえ感じられるだろう。

そんな神業さえ当然のようにこなすのが、俺のような廃ゲーマーというわけだ。

今の俺のステータスでは、死龍の「怯み値」をカンストさせることは到底できなかっただろう。援軍が駆け付けてくれたからこそ、今回の展開を導き出すことができたわけだ。

「今が特大の好機だ！　総員、全力で死龍に突っ込め！」

「イエス・マイロード‼」

「ギュアアアアアアア…………！」

兵士たちの容赦ない攻撃の嵐に、さすがの死龍デスブラッドも大きな悲鳴をあげるのだった。

それから十分後。

俺たちの連携が功を奏し、死龍デスブラッドは無事に倒れた。

廃ゲーマーの手にかかってもなお、討伐までに十分も要するとはな。さすがはゲーム終盤に登場する魔物ということだろう。

「…………」

そしてこの戦いで、俺自身の課題も明確になった。

フェイラス程度の敵ならば簡単に蹴散らすことができるが、しかし死龍のような〝ガチ〟の魔物が現れた場合、今の俺では太刀打ちできない。

今回は何とか切り抜けられたからいいが、これは今後の課題といえるだろう。

「はぁぁぁあああああああ！」

そして。

近くで戦っていたシリアンも、同時に最後のスカルソードナイトを倒したらしい。横一文字に斬りつけられたスカルソードナイトが、無惨な呻(うめ)き声をあげながら、地面に伏している。

「よかった……！　ルーフェス様たちも無事でしたか……！」

「ああ。ニアレたちが駆け付けてくれたおかげでな」

「いやいや、何をおっしゃいますか」

俺の言葉に対し、ニアレが苦笑とともに右手を振る。

「たしかに我々も協力しましたが、ここまで一人も犠牲者を出さなかったのはルーフェス様のおかげです。よもや魔法の才のみならず、指揮官としての才もおありだとは……」

「いやいや、そうではないんだけどな」

指揮官というよりかは、単にゲーム知識を披露しただけに過ぎない。

それでこんなに褒められるのは背中がむず痒くなってしまうが、まあ、彼らにゲームのことを言ったって仕方ないしな。ここは黙っているしかないだろう。

「ええ、本当ですよ。まさかルーフェス様、我々の名前まで覚えていらっしゃるとは……」

「僕たち感動しましたです、はい！」

「は、ははは……」

やばいな。

実を言えば戦闘直前まで彼らのことは思い出せなかったし、何ならニアレ本人だって、シリアンから言われなければ気づかなかった。

このまま持ち上げられ続けると面倒くさいことになりそうなので、ここは適当に話題を変えるとするか。

「それよりニアレ。さっきの話を聞く限りだと、おまえもフェイラスを始末しにきたってことでいいか？」

「あ……はい。そうですね。おっしゃる通りです」

ニアレはちらっと、いまだ気を失っているフェイラスに視線を向ける。

その際、一瞬だけだが眼光が鋭くなっているのが感じられた。ニアレもニアレで、何かしらの事情を抱えているっていうことか。

「あいつが多くの女性を監禁しているという情報は、僕のほうでも掴んでいまして……。今までは知らないフリをするしかなかったですが、トルトス村でのルーフェス様を見て、そんなこと言っていられないなと思ったのです」

「なるほど……そういうことか」

となれば、兵士五人だけでここに乗り込んだのも致し方ないことではあるな。

あまり大人数で帝国に乗り込んでしまえば、それだけで無用に注目を集めてしまう。あまり目立つことなく、それでいてフェイラスを制圧できうるギリギリの人数を集めたんだろう。

結果的には死龍デスブラッドに苦戦させられたが、まあ、さすがにこんな怪物が出てくるとは想定してなかっただろうし。

何はともあれ、無事にこの場を切り抜けられてよかった。

「ふふ……ルーフェス様。あなたの頑張りが、ニアレ様の心を突き動かしたんですね」

ふいにシリアンにそう声をかけられ、俺は思わず右頬を掻いて言った。

「も、もうよせって。あまり褒められるとむず痒くなる」

「あら♪　ルーフェス様ったら、照れてるんですか？」

「やかましい！　おまえは黙ってろ！」

……ったく、敵地なのにシリアンは相変わらずだな。

言い換えれば、これこそが強者の余裕ってことでもあるだろうが。

「それで、フェイラスの後始末はどうしましょう？　女性監禁の罪は世間に知らしめる必要がありますが、ルーフェス様のお名前については、巷間に出さないほうがいいですよね？」

「そうだな。俺が突き止めたとは知られないように、こいつの罪だけを広めたい」

「承知しました」

まあ、帝国だって馬鹿じゃない。

何とか正体を知られずにフェイラスを倒せたが、どうせいずれは俺の関与が知られるだろう。

だとしても、ここで不必要に帝国に喧嘩を売ることもない。フェイラスの嫌がらせさえ止められれば、ひとまず今回の目的は達成になるからな。

帝国にも多くの識者が存在しているからな。

「それじゃ、後始末を済ましぇたら、とっととずらかるとしよう。またさっきの化け物が来ないとも限りゃないからな」

「承知しました」

「イエス・マイロード」

かくして、フェイラスにまつわる事件は完全に解決となるのだった。

……またしても肝心なところで噛んでしまったのは、みんなスルーしてくれた。

4

それから五日後。

無事にアルデバラン家に戻ってきた俺は、しばらく平穏な日々を過ごしていた。

魔法の腕をさらに磨きつつも、シリアンによる剣の稽古も欠かさない。特に死龍デスブラッドとの戦いでは、俺のステータスはまるで役に立たなかったからな。

またいつ同様の危険に陥るかわからないので、剣と魔法の鍛錬はマストだろう。

その傍らで、フェイラス・リオアークに関する情報も公爵家に届いてきた。


――帝国の貴族階級に激震！――

――大物貴族、リオアーク侯爵家の息子が女性を監禁⁉――

――リィスティア王国からも女性を誘拐・拉致していた！――


このような見出しの新聞記事が、こちらにも届いてきたのである。

何度もゲームを周回してきたからこそわかるのだが、貴族制度が取り入れられている帝国も一枚岩ではない。貴族制度をよしとしている勢力がいる一方、そうした特権階級を嫌っている勢力も一定数存在しているのだ。

今回のフェイラスの失脚は、そうした《制度革新派》の新聞社が大々的に報じ――。

フェイラスの悪評が世間全体に広まった後は、さすがに貴族たちの権力では抑え込めなくなったのだろう。

今では毎日のように奴の記事が届いてくるし、当初はリオアーク侯爵家のスクープを遠慮していた新聞社も、現在は堂々と同様のネタを取り扱うようになっている。

そのおかげで、フェイラスからの嫌がらせも消滅。

シリアンいわく、屋敷周辺からも怪しい気配が消え去ったようだ。

「う、う～む……」

というわけで。

無事に平和になったアルデバラン家にて、久々にピクニックに出かけることになった。

場所はイルミナオ公園。

まあ、屋敷の近くにある緑豊かな草原地帯だな。

「このタイミングでのリオアーク家の失脚……。いくらなんでも〝ちょうどよすぎる〟気がするが……」

「あら、いいではありませんか。平和になったのはいいことなんですから」

「う～ん。まあ、そうだな……」

難しい顔でサンドイッチを頬張る父レザードに対して、優しげな表情を浮かべる母ミューラ・アルデバラン。

こうしてみると、二人はなかなかの美男美女だよな。

レザードはややくたびれているが、顔つき自体はかなり整っている。緑色の瞳に緑色の髪が特徴的な、言ってしまえばインテリ系イケメンといったところか。

対するミューラは二十代後半で、ゲームの設定では凄腕の魔術師だったか。エリートだけが集う魔術学院の教師を務めていたはずなので、父と同じく多忙を極めているはずだ。

だからこそ、二人の休日が被ることは極めて稀。

こうして家族三人でピクニックに出かけられるなんて、俺としても正直驚いているところだ。

「にゃお～～ん」

と。

両親の会話を聞いていると、ふいに神獣マロがここへ走り寄ってきた。

「なんだマロ。そのボール、どっから拾ってきた？」

「にゃお～ん♪」

白いボールを俺の手元に放って、可愛らしい鳴き声を発してくるマロ。

「…………もしかしなくても、俺とボール遊びしたいってか」

「にゃん♪」

「…………」

おいおい勘弁してくれよ。

こう見えても俺、レザードとは比べ物にならんくらいのおっさんなんだぞ。ボール遊びなんてやってられないんだが。

「あら、いいじゃないルーフェス。遊んできてあげたら？」

「嫌ですよ。なんで私がそんな子どもっぽいことを……」

「にゃあ～～ん……」

さすがは神獣というだけあって、俺が言いかけたセリフの内容を理解したんだろうな。

何とも切なそうな鳴き声をあげて、〝体育座り〟をする俺の足にすり寄ってきた。

「ぐ、ぐぬぬ……」

駄目だろ。

こんなん可愛すぎるだろ。

まずい、勝手にボールを掴み上げてしまった。

「し、仕方ないな、少しだけ遊んでやりゅ。いくぞ、ほれっ！」

「みゃお～～♪」

俺が遠くにボールを投げると、マロは喜んでそこに駆け出していった。まあ、羽で飛んでいるので、走っているわけではないけどな。

「ふふ、ルーフェスと子猫……。なんて癒される光景なのかしら。あなたもそう思わない？」

「まあな。俺が八歳だった時は、もっと無邪気に動物と戯れていた気がするが……」

「そうね……。なんだか急に大人びちゃって。魔術学院の子たちよりも成熟しているんじゃないかって、そう感じることもあるわ」

おうおう、夫婦の会話が丸聞こえなんだが。

俺がマロとの遊びに集中していると思って、すっかり油断してるってことか。

「俺も仕事に追われるあまり、ルーフェスの面倒をきちんと見ることができなくてな……。思えば、もっと甘えさせたほうがよかったかもしれん」

「そうね……。私も、もっと母親らしいことできたと思う。あの子のお世話はもう、シリアンに任せっきりになってしまってるし……」

「ああ。親という意味では、俺たちはまだまだ未熟ということだろう。――ひょっとしたら、フェイラスの失脚も彼がやったのかもしれない」

「へ？　あなた、なんておっしゃいました？」

「あ、いやなんでもないよ。ははは……」

おっと、こりゃやばいな。

自分からはフェイラスの話題を出さないようにしていたが、父は薄々感じ取っているっぽいな。たしかにタイミングがあまりにもぴったりだし、疑う気持ちはわからなくもないが……。

——ルーフェス。かのフェイラスが帝国で逮捕されたようだが、おまえはこのことで何か知らないか？——

——えっ、逮捕されたんですか⁉　もちろん私は初めて知りましたよ——

——そうか、関与しているわけがないよな……。ところでその神獣はいったいどこで捕まえた？——

——あ、え〜っと、近所の森で偶然……——

初めてフェイラスのニュースが家に飛び込んできた時、父は真っ先にこう訊ねてきた。

俺としてはもちろん、その疑いを完全否定。俺の仕業だと知られたら、また帝国派やら帝国貴族に報復される可能性もあるからな。

父もその場はすんなりと引いてくれたが、内心ではまだ俺の関与を疑ってるってことか。

まあそりゃそうだよな。

俺が逆の立場だったら、さすがにルーフェスを疑ってると思う。

「みゃお〜〜ん♪」

と。

何度かのラリーを終えて、マロもボール遊びに飽きたのだろう。

ボールをくわえたままのマロが、一目散に俺の胸に飛び込んできた。

「みゃお～～、みゃおん……」

そう言って俺に頬を擦り付けてくるマロは、控えめに言って超可愛かった。

日本に住んでいた頃も動物を飼いたいとは思っていたが、諸般の事情で諦めざるをえなかったからな。ゆえに動画サイトの〝アニマルビデオ〟でもふもふ欲求を満たしていたが、やはり本物のもふもふは違う。

やっぱりもふもふは正義であると、はっきりわかんだね。

「どうするミューラ。もう少しでルーフェスの誕生日も近いだろう。何をあげたら喜ぶかな」

「そうねぇ……。絵本なんてどうかしら？　頭のいいルーフェスにぴったり」

「頭がいいのはその通りだが、絵本程度では満足いかんかもしれんぞ？　魔術学院で使ってる書物では駄目か？」

「あら、それはさすがに難しすぎるんじゃないかしら……？」

そして少し離れたところでは、相変わらず家族会議が丸聞こえ状態だった。

（家族、か……）

転生したばかりの頃は、俺は自分の生き残りに必死だった。

ゲームシナリオにおいて、このルーフェス・アルデバランは本来死んでいるはずの存在。

このまま手をこまねいては絶対に殺されるので、剣と魔法の腕を高めて、ゲーム知識を総動貫して、今度こそ思うがままに生き抜いてみようと。

けれど、俺にはもう一つ、生きる目的ができたかもしれない。

何もかもがクソったれな前世を送っていた昔の俺なら、絶対に思いつくはずもなかった生き甲斐を。

「お～い、ルーフェス！　こっちに来なさい！」

「今日はママにたっぷり甘えていいですからね～！」

「いや駄目だ！　今日くらいはパパに甘えなさい！」

「は、ははは……」

まあ、さすがにこれは勘弁してもらいたいんだが……。

ゲーム内では〝悪役貴族〟として描写されていたアルデバラン公爵家も、なんのことはない、普通の家族なんだろう。

もちろん帝国派の筆頭だし、アルデバラン家を恨んでいる者は多い。

共和国派は当然として、平民たちもまた、多くの利権を持っている俺たちをよくは思っていないだろう。

けれど少なくとも、レザードもミューラも悪人ではない。

どこにでもいる普通の家族と大差ないのだと、俺は思い始めていた。

もしかしたら俺はもう、すでに手に入れていたのかもしれないな。

自分のことなんかよりも、よっぽど大切だと思える存在を。

「みゃお～ん♪」

そんなことを思いながら、俺はマロと一緒に、両親のもとに向かうのだった。


一方で俺には、もう一つ明確な課題がある。

「はいルーフェス様、私の後に続いてください。さ、し、す、せ、そ」

「さ、し、しゅ、せ、しょ‼」

「ら、り、る、れ、ろ」

「ら、ろゅぃ、る、れぇ、りょ！」

「し、り、あ、ん、だ、い、す、き」

「……おい、何言わせようとしてる」

「あら、バレました？」

そう。

八歳児ゆえの滑舌の悪さを、どうにか直すという課題だ。

実際問題、これは〝気をつければどうにかなる〟といった問題ではない。どんなに気をつけていても噛む時は噛むし、むしろ喋る前から噛むことがわかっている時さえある。

だからこればっかりは、しっかりと訓練を積まなければならない。

大物領主として皆に尊敬されるために、ハキハキと滑舌よく喋る練習を。

今回シリアンを部屋に呼び寄せ、発声練習をしているのはそのためだ。

「ふふ、でも今のは真面目に重要なセリフですよ。ルーフェス様は〝さ行〟と〝ら行〟が苦手なようですから、シリアン大好き、というセリフなら両方練習できるのです♪」

「はぁ……。まあ、そういうことにしておくよ」

とはいえシリアンのおかげで、以前と比べて噛みにくくなったのは間違いない。

トルトス村ではかなり絶望的な活舌を発揮してしまったが、その後の帝国潜入時では、比較的噛まずに乗り切れたからな。日々の練習が実を結んでいる証拠だろう。

しかし大物領主たるもの、これしきで満足してはいられない。

いざという時に噛んでしまっては印象が台無しになってしまうので、ここは油断なく練習していきたいところだ。

「さて、では次もお願いします。し、り、あ、ん、だ、い、す、き」

「……はぁ」

ため息をつきつつ、俺は剣聖の言葉を追う。

「し、り、あ、ん、だ、い、しゅ、き。……駄目か」

シリアンという名前は呼び慣れているので、ここで噛む回数は減ってきた。しかしその後の〝大好き〟だけは、どうしても〝だいしゅき〟になってしまうな。

「ふふ、何回でも練習しましょうね♪　ずっと付き合ってあげますからね♪」

「ったく、悪そうな笑みを浮かべやがって……」

「あらあら人聞きの悪い。ルーフェス様のためを思って言ってるんですから」

「はいはい……」

それからおよそ二十分後。

練習もあらかた終わったところで時計を見上げると、もう二十一時になっていた。

大人にとってはまだまだこれからな時間だが、八歳児にとってはもう寝る時間。

「それでは、私はそろそろ失礼させていただきますね」

シリアンもそう言って椅子から立ち上がり、部屋から出ていこうとした。

「…………」

そこで数秒押し黙る俺。

こんなこと聞くのも野暮かと思ったが、彼女には一つ、今のうちに聞いておきたいことがあった。

「待ってくれシリアン。後五分だけいいか？」

「はい？　どうされました？」

「いや、俺の気にしすぎかもしれないが……。五日前に帝国へ潜入した時、やっぱり寝てなかったよな？」

「…………」

ドアの前で立ち止まっていたシリアンの表情が、わかりやすく固まった。

「……ええ、おっしゃる通りです」

「そうか……」

やっぱりそうだった。

当日の彼女はいつも通りキビキビ動いていたし、最初は気のせいかもと思っていたんだけどな。その疑念が確信へと至ったのは、彼女がスカルソードナイト五体と戦っていた時だ。

シリアン・ユーシアスといえば、数多のゲーム廃人を絶望に陥れたチートキャラ。

いくらスカルソードナイトが強敵だとは言っても、早めに片をつけ、俺たちに合流してくれると思っていた。ところが蓋を開けてみれば、こちらが死龍デスブラッドを倒したのとほぼ同時に、彼女もスカルソードナイトを討伐する形になった。

いったいなぜと考えた時、前夜の会話が記憶に蘇ったのだ。


——なんだ？　おまえは寝ないのか？——

——ルーフェス様に何かあったら大変ですからね。大丈夫です、交代で仮眠は取っておきますので——

——それこそ無用な心配だ。刺客との戦いを見ただろ？　誰が襲い掛かってきても、遅れを取るつもりはない――

シリアンは義理堅く、自分を犠牲にしてでも他者を守り通す人間だ。

たとえ口では「寝る」と言ったとしても、実際のところは、俺を守るために見張りをしてくれていた可能性が高い。それが疲労蓄積へと繋がり、スカルソードナイトを倒すだけでも時間がかかったのではないか……。

そう思って訊ねたのだが、やはりビンゴだったようだな。

「申し訳ございません、ルーフェス様。嘘をつくつもりはなかったのですが、やはり、護衛としてはルーフェス様の安全を楽観視はできず……」

「いや、いいんだ。シリアンが見張ってくれなかったら、それはそれで刺客たちが変な動きを見せてきたかもしれない。それはいいんだ」

俺はそう前置きすると、珍しく感情的になっているのを自覚しながら次の言葉を紡いだ。

「でも、シリアンからすれば、俺はそんなに頼りないかな……？」

「へ…………」

「俺はアルデバラン公爵家だ。たとえ八歳児といえども、領民たちを守る義務がある。――仮にそれが、名高き剣聖といえどもな」

「ル、ルーフェス様……」

シリアンの目が大きく見開かれた。

「そのお気持ち、とても嬉しく思います。ルーフェス様が頼りないというわけでは決してありません。他の同年代と比べればよっぽどお強いですし、知識面だって……」

「それだ！　それだよそりぇ！」

八歳児に転生したことで、感情のコントロールも難しくなったのだろうか。

前世では決してこんなことでは怒らなかったのに、噛みっ噛みになっているのさえ無視して、俺は思いつくままに言葉を並べ立てる。

「シリアンにとっては頼りないかもしれないけど、俺だって自分の身を守れるくらいには実力を身に着けてるんだ。だからシリアンも、あまり無理をしすぎないでほしゅい。おまえは俺の大事な、えっと………」

「ル、ルーフェス様……？」

そこまで言いかけて、何を熱くなっているんだと内省する。

「すまない。シリアンだって、俺のために徹夜してくれたんだもんな……。今のは忘れてくれ」

「………」

「もう寝る。シリアンも今日はありがとうな」

そう言って、俺はベッドに腰かける。

さすがは公爵家のベッドというだけあって、前世で使っていた物とは比べ物にならないほど柔らかいな。それだけ俺が貴族として丁重に育てられている証拠であり、そしてそれが、なぜか苛立って感じられた。

おかしなもんだよな。

俺は当初、自分だけが生き残ることを考えていたはず。

他人に振り回されることの疎ましさを、前世で嫌というほど体験してきたはず。

なのになぜ、シリアンのことをこんなにも気にしてしまうのか。俺が死亡する可能性を考えたら、たしかに徹夜で見張っていたほうが安全なのに……。

すっ、と。

俺がうじうじ考えている間に、シリアンが俺の隣に座ってきた。

「ルーフェス様。あなたに仕える者として、いつかはこれを語らねばならないと思っていました。どうか一つ、私の長話に付き合っていただけないでしょうか」

「へ……」

シリアンの長話か。

前述の通り、シリアンは本編での登場機会は薄く、外伝でやっとその存在感を示してきたキャラクター。

ゆえにゲームでもそこまでの設定は語られていないが、やはり、俺の知らない事情があったということか……？

「もう昔の話になりますが、私には仲のいい弟がおりました。時たま喧嘩もしていましたが、ルーフェス様のように強くて真っすぐで……私にとって自慢の家族でした」

「………」

その口ぶりからして、俺はなんとなく次の展開を予期してしまった。

「いつもは仲良かったんですけど、その日にも喧嘩をしてしまって。もういなくなっちゃえばいいのにって、大声で叫んでしまって。そして――その翌日のことでした。弟の乗っていた観光船が〝謎の沈没〟を遂げて、乗客全員が死亡したというニュースが飛び込んできたのは」

「………っ」

なんという惨い話だ。

当時のシリアンが受けた衝撃は、きっと筆舌に尽くしがたいものだったろう。

しかもそれだけじゃない。今の話で、彼女は一つ気になることを言っていた。

「謎の沈没って……まさか」

「ふふ、さすがはルーフェス様ですね。ご推察の通りです。共和国の近くを通っていた船ですが、王国軍はなぜか、事件性なしと言って詳しい捜査なく解散していきました」

「………」

「その弟とルーフェス様を重ねていなかったといえば嘘になります。今度こそ、私は大切な人をお守りしたい。そして欺瞞に塗り固められたこの国を是正していきたい……。それが私の思いであり、幼少から貫いてきた信念です」

「そうだったのか……」

そりゃあ……リィスティア王国にも嫌気が差すよな。

父レザードも含め、現在は帝国と共和国にやられたい放題だ。

彼女にとっては、そんな王国の状況が何よりも悔しくて――同時に、俺という存在が希望に感じられたのだろう。

「ですからルーフェス様。嘘でも建前でもなく、あなたは私にとってかけがえのないお方です。公爵家のご子息だからではなく、一人の人間として」

「シ、シリアン……」

「ルーフェス様からすれば、おばさんの余計なお節介に感じられるかもしれません。ですが私は誓ったのです。たとえこの身が滅びようとも、ルーフェス様から嫌われようとも、あなたを一生お守りしていくと。そうでなくては、私はまた同じ悲しみを味わってしまうから……」

「おばさんじゃない。馬鹿を言うのはやめてくれ」

彼女の後ろ向きな発言を、俺はきっぱり否定した。

「シリアンは俺にとって憧れの存在だった。剣が強いからってだけじゃない。曲がったことが嫌いで、困っている人がいたら放っておけなくて……。そうした〝内面的な強さ〟が、俺を惹きつけていたんだと思う。もしかしたらそれは、弟を亡くしてもなお、腐らずに前を向き続けてきたからじゃないかな」

「ル、ルーフェス様……」

「俺だって、シリアンが俺のせいで溜め込みすぎるのは嬉しくない。まだまだ頼りないかもしれないけど、この状況を乗り越えるのは、シリアンの力が必要だ。どうか少しは、俺のことを頼ってくれないかな」

まあ客観的に見れば、八歳児が生意気言っているようにしか思えないかもしれない。

けれど、これは本音だった。

シリアンが味方になれば今後も動きやすくなるとか、今後のシナリオ的にも彼女が必要だとか、そういった打算的な考えは一切ない。

自由気ままに生きていくとか誓っておいて、結局こうなるのは笑えるけどな。

俺もまだまだ、悪役としては未熟だということだろう。

「………驚きました、ルーフェス様」

俺の言葉を受けたシリアンが、やや潤んだ瞳で次の言葉を紡いだ。

「まるでバルフが――死んだ弟が、私に語りかけてきているようでした。俺のことはもう気にしなくていいから、いい加減、自分の人生を生きていけと……」

「そうか。弟の名前は、バルフっていうんだな」

「はい。ルーフェス様に似て、強くて負けず嫌いな男の子でした。やっぱり私は、お二人のことを重ね合わせていたんだと思います。私は日夜、ルーフェス様のことばかり考えていますから」

「え………」

おいおい。

今のはさらっと爆弾発言じゃないか？

「でもその思いの強さが、時に苦しみを生んでいたのは事実です。今回の件だけじゃなく、睡眠を削ってまで、ルーフェス様の身辺を警護していたこともありますから」

「そ、そうだったのか……」

そこまでは気づかなかった。

どこまでストイックなんだよ、シリアンという女は。

「大丈夫だ。俺はシリアンにも元気になってほしい。だから今後は、もう少し、自分を労わってあげてくれ」

「ふふ、そうですね。承知しました。まるで年上から諭されているようで、本当にびっくりです」

「は、ははは……」

まあ実際、精神年齢的には彼女よりよっぽど上だからな。

シリアンとしては不思議な感覚に陥るだろう。

「そういえばルーフェス様。ニアレ様から手紙届いていたの、気づかれていましたか？」

「ん？　ああ、なんかよくわからんパーティーの招待状だったか？」

「ええ。あの方もルーフェス様の勇姿に惚れて、できれば今後ともあなたに協力したいとおっしゃっておりました。本当にあなたなら——世界を変えるほどの大物になるかもしれませんね」

「………………」

むしろここから世界を変えていかないと、俺の命どころか、平和の維持さえ怪しいんだけどな。

「わかった。明日も別に用事はないし、一緒にパーティーに行くか？」

「はい♪　ぜひともおともさせてください」

「了解。その代わりしっかり休んでてくれよ。もうフェイラス一派も襲ってこないんだからな」

「ええ。……優しいお言葉、ありがとうございました」

その言葉を最後に、シリアンはぺこりと頭を下げ、部屋から退出していった。


——私は日夜、ルーフェス様のことばかり考えていますから——


「まさか……そんなわけないよな……」

彼女の言葉を頭のなかで繰り返し思い浮かべているうちに、俺はいつしか、深い眠りに落ちていた。

断章　幻の絆を求めて

1

それから数週間は平和な日々が続いた。

俺の魔法特訓や、シリアンによる滑舌練習。

時たまニアレが屋敷を訪ねてきたりなど、穏やかでありながら刺激のある毎日だった。

しかも両親からは、かなり値段が張るという魔術書をもらったな。そこに書いてある内容——たとえば幻属性の中級魔法はどういったものかなど——は正直知っているものばかりだが、魔術書にはＭＰを底上げする効果もある。

日々の鍛錬と合わせれば、転生時と比べてかなり強くなったという自信ができた。

しかしながらやはり、平穏というのは永遠に続くものではない。

——フェイラスを社会的に葬った真の黒幕は、俺ことルーフェス・アルデバランである——

帝国貴族たちはついにその事実に気づき始めていると、シリアン経由で知らされた。

まあ、帝国潜入から時間も経っているからな。いくら正体を隠していたとはいえ、いずれこうなるのは時間の問題だと思っていた。

もちろん、フェイラスはあの事件で完全に失脚した。

だから帝国貴族が奴を庇う（かば）メリットなんてないし、ワンチャン何もしてこないのではないかと期待していたが……さすがにそんな甘くはなかった。

言うまでもなく、リィスティア王国はなかば帝国に取り込まれている状態。

そしてその帝国派筆頭となっているのが、俺の父レザード・アルデバラン。

その息子が帝国に牙を向けたわけだから、やはり黙ってはいられないのだろう。

日に日に父レザードの顔色が悪くなっていっているのが、傍目からでも伝わってきた。

「ん？　いやいや、トラブルは何も起きてないぞ？」

「帝国からの嫌がらせ？　ああ、もう最近は一切ない」

こちらから父に声をかけても、いつも笑顔とともにそう返されるのみ。

家族思いなレザードのことだ。

息子の問題は自分で解決しようと、懸命に動きまわってくれているんだろう。家に帰ってこない日も急に増えてきたし、やっと帰宅してきたと思ったら、三時間寝ただけでまた仕事に取り掛かっている。

ゲームでは悪徳貴族として描写されていたレザードも、こうして見れば一人の父親だった。

帝国からの圧力に屈することなく、大事な一人息子を守ろうとする——。

そんな強い姿勢が、レザードからひしひしと伝わってきたのである。

しかしやはり、レザードは俺と違い、あまりにも多くのものを背負っている大物貴族。家族の情はもちろん、自身の領土、共和国派との距離、王族たちとの関係……。

多くのしがらみに捉われている彼にとって、帝国の圧力に立ち向かうことは困難だったのだろう。

「ルーフェス。すまないが、今この瞬間をもって、おまえをアルデバラン家から勘当とする」

ある雨の日の朝。

レザードの書斎に呼び出された俺は、なかば予期していたその言葉を、父に突きつけられた。

「勘当……。今日をもって家を出ていけということですか」

「そうだ。私とミューラの間に子はおらず、おまえは今この瞬間をもって、無名の孤児となる」

「…………」

冷たい声でそう言い放つレザードだが、俺には伝わってきていた。

何度も俺を抱きしめてきた大きな両腕が、小刻みに震えているのを。

何度も俺に微笑んできたその顔に、うっすらと雫が垂れ始めているのを。

おそらくレザードとしても苦渋の決断だったと思うが——まあ、このへんが落とし所ってところか。

いくら王国の欺瞞を正そうと思ったところで、父には〝守るべきもの〟が沢山ある。

仮にここで浅はかな行動をしてしまったら、大事な領民たちの生活がより苦しくなるかもしれない。共和国派の勢いがさらに増して、共和国に王国が呑み込まれてしまうかもしれない。

レザードは俺の父であり、そして大勢の人々を束ねるアルデバラン家当主だ。

責ある者としては、やはり家族の情に捉われるわけにはいかなかったのだろう。

「ルーフェスよ。愚かな父に対して……何も言わんのか」

「いえ。元はといえば、私が自分で蒔いた種でしょう。父上は何も悪くありません。むしろ――ここまでずっと帝国に抵抗してくださって、ありがとうございました」

「なるほど、気づいていたか……。おまえはやはり、私には勿体ないくらいの賢しい息子だ」

父の隣に立つ母ミューラは、先にこの話を聞いていたんだろうな。

レザードの勘当宣告に何を言うでもなく、ただただひたすら、声を押し殺して泣いている。

「ここへ来てくれないか、ルーフェス」

机を右手で軽く叩きながら、涙混じりにそう提案するレザード。

言われた通りに父の元へ歩み寄ると、ぎゅっと力強く抱きしめられた。

「私はおまえを誇りに思うよ、ルーフェス。やはり帝国でフェイラスが捕らえられたのは、おまえが陰で動いていたからなんだな」

「はは……すみません。騙したかったわけではないんですが……」

「いや、いいのだよ。この場合は黙っておくのが正解だ。あの横暴貴族たるフェイラスを仕留めたことも含め、私は何一つ、おまえが間違ったことをしたとは思っていない。よくぞ世界の欺瞞を正してくれたな」

「…………」

「……責ある立場として、私はおまえをアルデバラン家から勘当せねばならない。だが、これだけはゆめゆめ忘れないでほしい。たとえ手続き上はどうであれ、おまえは正真正銘、私たちの息子であると」

「ありがとうございます。そこまで言っていただけただけで、私としては充分です」

もしレザードが真なる悪役だったなら、息子にこんな言葉をかけたりはしないだろう。数日間も一人で思い悩むことなく、即座に俺を追放していたはずだ。

本当に心優しくて……不器用な男だったんだな。

「あの、一つお聞きしてもよろしいでしょうか」

と。

今まで状況を見守っていたシリアンが、唐突に口を開いた。

「私のお役目は、あくまでルーフェス様の専属護衛だったはずです。ならばここは、私もルーフェス様についていくのが道理だと思うのですが……」

「いやいや、それはやめておいたほうがいいだろう」

父の返答より早く、俺がそう言った。

「俺はもう貴族としての立場を失った。今後は多くの人に疎まれながら、帝国に命を狙われる身になるだろう。そんな俺を守るより、もっとシリアンの力を有意義に発揮できる場があるはずだ」

「で、ですが……！」

「いやシリアン。ここはルーフェスの言葉に従ってくれ」

なおも食い下がろうとするシリアンに、レザードが言葉を被せた。

「おまえの忠誠心は買うが、しかし帝国側からもう一つの要請があってな。ルーフェスを勘当する際は、シリアンを同行させてはならないと」

「え……」

「姑息(こそく)な連中だ。フェイラスを捕らえたのは、ルーフェスの力のみならず、シリアンの協力あってこそのものだと嗅ぎつけたのだろう。今後またおまえたちが共謀することのないよう、二人の決別を言い渡されたのだ」

「ぐ…………！」

悔しそうに両の拳を握り締めるシリアン。

彼女にも思うところはあるだろうが、帝国からの要請とあっては、さすがに呑み込まざるをえないだろう。

「愚かな領主を許してくれ、シリアンよ」

そんなシリアンを見て、レザードも悲しそうにそう呟いた。

「これでも懸命に抑え込んだ結果なのだ。当初帝国が要求してきたのは……これよりもよっぽど惨い内容だったのでな」

「そ、そんな……」

悲痛な表情を浮かべるシリアンだが、正直、帝国なら本当にやりかねないことだ。

たしか現皇帝はかなりの傑物で、直近まで繰り広げていた内戦を立ちどころに収めたんだったか。今度はさらなる領土拡大を狙っており、その足掛かりとして、小国であるリィスティア王国を取り込もうとしている設定だったはずだ。

そんな皇帝にとって、帝国に刃向かう俺とシリアンは目障り以外の何物でもないだろう。

おそらくだが、当初の命令は極刑。俺とシリアンを即座に処すべしという通達がきたと見ている。

それを〝勘当〟という形で抑え込んだ時点で、レザードも充分な傑物だ。

感謝こそすれ、恨む道理はどこにもない。

「これまでありがとうございました、父上。私は今この瞬間をもって、家名を失った孤児——ルーフェスとして生きてまいります。今後アルデバランを名乗ることはありません」

「……本当にできた息子だな、おまえは」

俺の言葉に対し、レザードは数秒だけ眉間をおさえると。

「了解した。今のおまえにはもう、アルデバランを名乗る資格はない。荷物をまとめ、とっとと出ていくがよい」

そう、冷たく言い放った。

2

それから数日後。

「ぐおっ！　馬鹿な……！」

夜。アルデバラン公爵家にほど近い街の宿にて。

俺の魔法を真正面から喰らった男が、俺の目前でどさりと倒れ込んだ。

寝込みを突然襲いかかってきたので、幻魔法のファントムブレードで返り討ちにした形だな。

「はあ……危ないところだったな」

気を失った刺客を見下ろしながら、俺は大きくため息をつく。

以前よりは強い刺客を送り込んでいるようだが、俺も魔法の腕を上げてきたからな。簡単にやられるつもりはない。

どちらかといえば、今は精神的な疲弊のほうが蓄積していた。

アルデバラン公爵家を追い出されてからは毎日こうだ。専属護衛たるシリアンがいなくなったのをいいことに、毎晩毎晩、狙いすましたかのように刺客が襲いかかってくる。

別に襲撃されたところで倒せばいいだけだが、これが毎日続いているからな。

精神的に休まらないし、何より熟睡することができない。

改めて、あのアルデバラン公爵家が恵まれた環境だったことを痛感する。

「けれど、俺だってこのまま黙っているつもりはねえからな……」

本来はとうに殺されているはずだったこの命。

前世のゲーム知識を利用して何とか生き延びられてはいるが、元のシナリオに収束していくかのごとく、怒濤の暗殺未遂が続いている。

転生する前の俺だったら、とうに諦めている事態だったかもしれない。

でも——。

「にゃお……」

俺の上着に隠れていたマロが、切なげな声をあげて俺を見上げる。

「おっと、すまない。起こしちまったか」

「にゃおうん……」

マロはぱたぱたと両翼を羽ばたかせると、そのまま互いの頬を〝すりすり〟してきた。

前世で動物好きだった俺にはわかる。

これは懐いている証。猫がこうして身体を擦り付けてくるのは、その相手に心を許しているからこそだと理解している。

そしてたぶん……今回の場合は、もう一つ理由があるんだろう。

「何だよマロ。心配してくれてんのか？」

「にゃうん……」

今までは何不自由ない屋敷で暮らしていたのが、急に安宿で暮らすことになったわけだからな。しかもここ数日はずっと一人ぼっちだったので、マロなりに俺を慰めてくれているのだろう。

前述の通り、この神獣は頭がいい。

人の言葉もわかっているので、俺があの屋敷を追い出されたことも、とうに理解していると思う。

「ありがとうな……、こんな俺についてきてくれて」

「にゃおん♪」

父レザードから勘当され、地位も住居も失った俺に、マロはひょこひょこついてきた。

最初はついてくるなと言ったんだが、それでもしつこく食い下がってきたんだよな。何もかもなくした俺が今でも頑張れているのは、きっとマロの存在もあると思う。

いや。それだけじゃないな。

前世で何度もゲームをやり込んできた以上、俺にはわかっている。

このままシナリオ通りに世界が動いてしまっては、世界は文字通り終わる。帝国と共和国による全面戦争、そしてそれを裏から操っている秘密結社、そして虎視眈々と世界統一を狙っている別勢力たち……。

そうした者たちの暴走によって、これからの世界は混沌を極めることになる。

ここまで俺を育ててくれた両親のためにも、そしてシリアンのためにも、ここは死ぬわけにはいかない。少しずつそう思い始めている自分がいた。

「とりあえず、ここの宿からはすぐに出ることにしよう。またいつ刺客が襲いかかってくるかもわからないからな」

「みゃおん……！」

マロの返事を受けて、俺は逃げるように外に出た。

前払い制の宿なので、宿泊費のことを心配する必要はない。身の安全を確保することが、今最も大事なことだからな。

「ふふ、賢明な判断だ。報告通り、八歳児とは思えぬ機転を持っているようだな」

「ちっ……」

だがやはり、敵も馬鹿ではないようだな。

宿から出て数歩進んだ俺を、五名の刺客が出迎えた。全員が両手にダガーを携えており、明らかに穏やかでない雰囲気である。

いや――五名どころじゃないな。

今度は背後から七名の刺客が現れ、総勢で十二名、俺を取り囲んだ。

「はは、随分と本気じゃないか。さしずめ、偉大なる帝国様を怒らせちまったってところかな」

「さあな。貴様なぞに答える義理はない」

「…………」

ちょっと、まずいかもな。

さっき寝込みを襲ってきた刺客は、あくまで陽動でしかなかったのかもしれない。ここにいる連中はかなり練度が高く、俺が今まで相対してきた刺客の誰よりも強そうだ。

「みゅおん……」

「マロ。さすがにこれはやばい。懐から出るな」

「にゃお……」

懐でぶるぶると縮こまるマロ。

いかに戦闘力の高い神獣といえど、今はまだ子猫だからな。この刺客たちには勝ち目がないので、今回も身を守っていてもらうしかないだろう。

ちらりと周囲を見渡すが、元より住民の少ない村。

助けを求めるのは困難だし、よしんば誰かが気づいてくれたとしても、その住民にまで被害が及ぶことになるだろう。帝国のことだから、まず間違いなく揉み消しに走ってくると思われる。

「はっ……舐められたもんだな、俺も」

俺はそこでふっと笑うと、右手を前方に突き出した。

「いくらおまえたちが強くても、ここで引くつもりは毛頭ない。追い詰められたのは果たしてどっちか、よくよく考えるんだな‼」

幻魔法発動、ファントムブレード。

風魔法発動、エアリアルクロー。

その二つの魔法を、俺はそれぞれ近くにいた刺客たちに向けて放った。

「うおっ……！」

「なんだと……！」

たとえ同じ中級魔法であろうとも、俺はアルデバラン公爵家で魔法を鍛えまくったからな。

先日のそれとは比べ物にならないほどの速度・威力をもって、それぞれの魔法が刺客たちに襲いかかった。

「ば、馬鹿な……！」

「中級魔法の同時使用とは、信じられん……」

無念そうに呟いてから、もろに魔法を喰らった刺客がそれぞれ地面に伏せた。

まずは二人。

全員倒すには至らないまでも、どうにかして逃走の突破口さえ開ければ……‼

「しゃああああああっ！」

ふいに背後からダガーの切っ先を突きつけられ、俺は紙一重で回避する。

危機一髪だった。

後数秒でも判断が遅れていたら、あの世に送り込まれていただろう。

「まだ安心するには早いぞ、ルーフェス・アルデバラン！」

「我らの猛攻を喰らうがいい！」

間髪入れず、今度は四人の刺客たちがダガーを差し向けてくる。

「ぐっ………」

これが魔術師の弱点だよな。

遠くから魔法を撃てる一方で、近距離に攻め込まれたらめっぽう弱い。剣による近接攻撃と違って、魔法は攻撃するまでにタイムラグが生じるからだ。

「死ね！　賢しき幼子よ！」

そのまま刺客のダガーが俺の首にまで肉薄するが――。

カキン！　と。

俺は隠し持っていた小刀を取り出し、刺客のダガーを弾き返した。

「な、なんだって……⁉」

「馬鹿な……！　貴様、剣の心得まであるのか⁉」

「はん。心得と言えるほどのものでもないけどな」

かつて俺に剣術の指導をしてくれた剣聖の顔を思い浮かべながら、俺は右手を突き出す。

幻属性のもう一つの中級魔法、ダークマター。

見るも巨大なエネルギーが刺客たちの頭上に発生し、四人の身体を同時に押し潰していく。

「ぐ、ぐおおおおあああっ……！」

「おのれ、よもや我々をも下すとは……！」

これで合計六人。

まだ前後に囲まれているので逃走はできないが、この調子で戦っていけば、いずれは勝機を見いだせるはずだ……‼

「うあっ……！」

しかしやはり、現実はそう甘くなかったようだ。

俺は突如右足に激痛を覚え、思わずその場に片膝をついてしまう。いったい何が起こったのかと右足に目を向けると、そこには一本の矢が深々と突き刺さっていた。

「くそ、伏兵がいたか……！」

見れば、民家の屋根上に三名の弓兵がいた。

万一にも俺を捕らえ損ねることのないよう、虎視眈々と攻撃の機会を窺っていたのだろう。

「くそ……やばいな……」

おそらくだが、この矢には毒でも盛り込まれているのかもしれない。

灼(や)けるような激痛のみならず、少しずつ全身が痺れだしているのを感じる。

「ははは……合計で十五人もの刺客か。八歳児に対してやりすぎじゃないのか？」

「ふん、いくらでも吠えるがいいさ」

リーダー格らしき刺客が、俺の言葉に笑みとともに応じた。

「貴様はやりすぎたんだよ。元より共和国派に狙われる立場でありながら、帝国派にも目をつけられているような失態を犯したのだ」

「………」

「せめてもの手向けとして、痛みを感じぬように葬ってやろう。我々も鬼ではないからな」

リーダー格はこつこつと俺のもとまで歩み寄ってくると、剣先を俺に向けた。

後数秒もすれば、俺の首はこの剣によって両断されているだろう。

せっかく辛かった日本から転生してきたってのに、これで何もかもパーになるわけだ。

――だけど、どうしてだろう。

不思議と、恐怖心は湧いてこなかった。

「くくく……ははは。笑わせるなよ、刺客風情どもが」

「なんだと？」

片膝をついたまま口走る俺に、刺客がぴくりと身を固める。

「おまえたちだって、刺客である前にリィスティア王国の人間なんじゃないのか？　だったら気づいているはずだろう。この国に満ち溢れている欺瞞の数々を。このまま大国に媚び続けていたところで、俺たちに真の平和は絶対に訪れないということを」

「………」

「なのに……面白いよな。おまえたちはまんまと帝国に踊らされているわけだ。目先の利益を言い訳にして、一番大事な現実から目を背けているんだ！」

俺は大声をあげると、あらん限りの意志力と根性をもって立ち上がった。

それだけで全身に灼熱の痛みが走る。

身体が言うことを聞いてくれず、少しずつ意識が朦朧とする。

けれど関係ない。

今の俺は、自分が楽したいから生きているんじゃない。

最後まで帝国に抵抗してくれた父レザードや、徹夜してでも俺を守り抜いてくれたシリアンのためにも、俺は……！

「ば、馬鹿な！」

俺の眼光を受けて、リーダー格が後ずさる。

「ありえない……！　あの矢には即効性の毒が仕込まれているはずだ！　なのになぜ、おまえは立ち上がることができる！」

「はっ、知らねぇよそんなこと」

俺は不敵な笑みを浮かべると、震える右手をリーダー格に突き出す。

「おまえらが何人でかかってこようと、俺は絶対に負けない。意地でも生き抜いて、状況を打開するための活路を見いだしてやるよ……！」

「くっ、信じられん……」

リーダー格はそう言ってバックステップで下がると、残りの刺客たちと同じ位置に並んだ。

「ルーフェス・アルデバラン。共和国派のみならず、帝国側もおまえを真っ先に始末したがる理由がわかった気がするよ。状況が異なりさえすれば、おまえは間違いなく名君主であっただろう」

「…………」

「だが、我々にも同じく戦う理由があるのでね。せめてこのまま痛みを感じさせることなく、安らかに眠らせてやろう」

「はは、やってみるがいいさ」

と威勢よく啖呵を切ってみたところまではいいものの、とはいえ、正直これはお手上げだ。

目の前には六人の刺客たちがいる。

そして遠く離れた民家には、さっき俺を射抜いてきた伏兵三人がいる。

せめて身体が万全だったなら切り抜けられたかもしれないが、今はもう満足に動くことさえできない。意識も混濁してきており、このままでは戦う前から気絶してしまう。

何か、この状況を脱するための方法はないものか……！

「にゃう……！」

と。

いてもたってもいられなくなったか、なんと神獣マロが懐から飛び出してきた。

全身を大きく広げ、まるで俺を守ろうとするかのように刺客の前に立ちはだかっているではないか。

「や、やめろマロ！　死ぬぞ！」

「にゃん、にゃんにゃん！」

「なんだ貴様は。まさか主を守ろうというのか？」

「にゃ、にゃおうん……！」

「いいだろう。ならばまずはおまえから死ね――！」

そう言って、刺客がマロに剣を差し向けた、次の瞬間だった。

「――素晴らしい。よくぞ頑張ったな、ルーフェス・アルデバランに神獣マロよ」

「え……？」

ふいに聞き覚えのある声が聞こえたのはその時だった。

「はぁぁぁぁあああああっ！」

突如にして〝仮面の男〟が姿を現したかと思うと、なんと刺客たちに突撃していくではないか。なぜかアルデバラン公爵家で見たことある剣を用いているし、しかもあの声、父レザードにそっくりなような……。

「くおっ……！」

「なんだ貴様は……！」

「はっはっは！　その程度で刺客を名乗るなど片腹痛いな！」

謎の闖入者のおかげで、目の前にいた刺客のうち二人が地面に伏せた。

ふいを突いたのもあるだろうが、あの〝仮面の男〟自身、かなりの使い手と見える。

「あ、あんた、まさか……」

その〝仮面の男〟に声をかけると、彼は人差し指を仮面にあてがい、静かに言葉を紡いだ。

「ルーフェス・アルデバランよ、私はただの流浪人に過ぎない。正体の詮索はよしてくれたまえ」

「…………」

「それから伏兵たちについても心配することはない。王国最強の剣聖が――問題なく蹴散らしてくれたからね」

「え……」

王国最強の剣聖。まさか。

俺は急いで民家の方向に目を向けると、〝仮面の男〟が言った通り、すでに伏兵たちは事切れた後だった。

彼らも手練れだったはずなのに、そんな連中を一瞬で倒すほどの実力者。

そんな芸当をこなせる人物を、俺は一人しか知らなかった。

「――ただいま戻りました、ルーフェス様」

シリアン・ユーシアスは俺たちの近くに着地すると、にっこりと微笑みを浮かべてきた。

「シ、シリアン……」

見間違えるはずもない。

彼女はたしかに、ずっと俺に仕えてきた最強の剣聖だった。

これにて一気に形成逆転――。

〝仮面の男〟も充分に強そうだし、さらにシリアンがこの場に現れた以上、俺たちが負ける道理は一つもないだろう。

「ふ、ふざけるな！　シリアン・ユーシアス、なぜ貴様がここにいる！」

リーダー格の刺客は大声をあげ、当然の疑問を口にした。

「帝国側から要請があったはずだ！　ルーフェス・アルデバランを勘当する際は、貴様を同行させてはならないと……！」

「ふざけているのは君のほうだ。いったい何を言っているのかね」

そう代わりに答えたのは〝仮面の男〟だった。

「君も見ただろう？　さっきまでルーフェスは一人だったはずだ。勘当する際はシリアンも同行していないし、今回はあくまで勘当後の出来事。ぴったり指示に従っていると思うが」

「な、なんだと……⁉」

おいおいおい。

それは屁理屈にも程があるだろ。

こんなことをしてしまったら、シリアンのみならず、アルデバラン公爵家への当たりがさらに強くなるだけなのに……。

それでも、二人は助けに来てくれたってのか……？

「そういうわけだ。シリアン、存分に彼らと遊んであげたまえ」

「──ええ。承知しました」

〝仮面の男〟の指示を受け、シリアンが戦闘の構えを取る。

「私の大事なルーフェス様をここまで傷つけた大罪……そう簡単に償えるとは思わぬことだな。咎人どもよ」

「や、やめ、やめろ──！」

リーダー格の悲鳴など聞く耳持たず、シリアンの圧倒的な剣技が、残りの刺客たちを残らず仕留めていった。

3

ひとまず戦いは終わった。

合計で十五人ほどの刺客を倒したことになるが、そこは〝仮面の男〟が部下たちを手配してくれていたらしいな。誰かに見られて騒ぎになることはないので、その意味でも一件落着といえよう。

「ルーフェス様……大丈夫ですか？」

「ああ。何とか回復できたみたいだ」

村を出た街道の外れ。

人気のないその場所で、俺たちは一時話し合うことになった。

「それにしても本当にすごいな。エリクサーを使うなんて、いくらなんでも太っ腹すぎるというか……」

エリクサーといえば、ＨＰとＭＰを全回復した上で、状態異常をも治す優れモノだ。

それだけに、《零魔の刻》においてもかなりの高級アイテム。

たしか相当の購入費がかかるはずなので、アルデバラン公爵家を勘当された俺に使っていい代物ではないはずだが――。

ぎゅっ、と。

傷が全回復した俺に対し、シリアンが急に抱き着いてきた。

「お、おい……！　何しゅるんだよ」

思わず噛んでしまったが、シリアンはそれにも構うことなく涙を流している。

「だって、だって……！　バルフが亡くなって、ルーフェス様まで助からなかったらと思うと、私……」

「シ、シリアン……」

ほんと、ありがたい限りだよな。

前世の俺なんて、誰にも好かれなかったろくでなしだったのに。

こんなにも俺のことを思ってくれているなんて……。

「申し訳ございません。本当はもっと早くお助けしたかったのですが……」

「許せルーフェス。あまりにも早くおまえたちが合流してしまっては、帝国の面子を潰してしまうからな。ギリギリの判断にせざるをえなかったのだよ」

そう答えたのは〝仮面の男〟。

アルデバラン公爵家に仕えていたシリアンと一緒にいることといい、この口ぶりといい、正体はまあ考えるまでもないんだが――。

ここでそれを口に出すのは野暮というものだろう。

シリアンはともかくとして、彼が直接俺を助けてしまったことが知られれば、それこそアルデバラン公爵家は帝国に潰されてしまう。

「仮面のあなたも……ありがとうございます。あなたにとっては、俺を助けてしまうこと自体が大きなリスクになるはず。それでも助けてくれたというその気持ち、しっかりと受け取っておきます」

「………………」

「ふふ……本当にできた子どもだな。刺客たちが驚いていたのもわかる気がするよ」

「ルーフェスよ。おまえの父、レザード・アルデバランより言伝を受けている。どうか聞いてくれないか」

「……ええ。もちろんです」

俺の返事に、〝仮面の男〟はこくりと頷くと。

くるりと俺に背中を向け、次の言葉を紡ぎ始めた。

「──帝国に媚を売るのをやめ、よりよき王国へ導く一助となる。以前おまえが発していた言葉を、私は一日たりとも忘れたことはない。私は多くのしがらみを抱えているゆえ行動を起こせないが、きっと、若いおまえなら成し遂げることができる……。そう信じている」

「………………」

「おまえは優しい子どもだ。自分のせいで、親に迷惑をかける可能性を考えてしまうかもしれない。だがそんなことは気にするな。私は貴族である前に、おまえの親だ。仮に帝国が何らかの圧力をかけてきたとしても、できるだけ封じ込めてみせる。だからおまえも好き勝手に暴れてくるといい。——そこにいるシリアンとともにな」

「あ……」

「以上だ。長くなってすまなかったな」

俺は当初、ルーフェスの死亡フラグを回避するためには、自分がどうにか頑張るしかないのだと思っていた。

前世のゲーム知識を利用して、敵の陰謀を掻い潜って。

ゲーム廃人の経験を利用して、数多くの強敵を倒していって。

自分だけの力をもって切り抜けるしかないのだと思っていたが——どうやら、もう一つ方法があったようだな。

「……では、私はそろそろ戻らなくてはならないのでな。これにて失礼する」

「あ、待ってください」

立ち去ろうとする〝仮面の男〟の背中に、今度は俺のほうから声をかけた。

「であれば、俺からも伝言をお願いできますか？　父上に対して」

ぴくり、と。

〝仮面の男〟の動きがそこで止まった。

「……いいだろう。聞き届けさせてくれ」

「ありがとうございます。これで決心がつきました。あなたのもとに生まれて——本当によかったです」

「…………」

〝仮面の男〟はそこで数秒だけ押し黙ると、空を仰ぎ、呟くように言った。

「伝言、たしかに承った。しっかりと伝えさせてもらおう」

「はい。よろしくお願いします」

そのやり取りを最後に、〝仮面の男〟は暗闇のなかに消えていくのだった。


後には俺とシリアンが残された。

ほんと、安心感がすごいよな。

彼女が近くにいさえすれば、刺客が何人襲ってきても返り討ちにできるような——。そんなふうにさえ思える。

「シリアン。伝言にあったように、これからは一緒にいてくれるのか？」

「ええ。もちろんです」

そう言いながら、シリアンは俺の頭をひたすらに撫でまくってくる。

「本当によく耐え抜きましたね。ルーフェス様も……後、マロちゃんも」

「にゃん♪」

俺の懐のなかで、神獣マロが元気な声を発した。

「ああ、今回ばかりは俺も死ぬかと思ったよ。だが……その、〝いい子いい子〟みたいに撫でてくるのはやめてくれないか？」

「え？　駄目なんですか？　ルーフェス様成分が足りなくて死にそうだったんですよ、私も」

「何言ってんだまったく……」

あまりにも相変わらずなので、むしろ安心してしまったよ。

あんまりシリアスすぎる雰囲気は苦手だし、別にいいんだけどな。

「まあ、とりあえずここに長居するのも危険だ。ひとまず違う場所に移動したいんだが……」

「あ、ルーフェス様。それなんですが……」

俺を撫でていた手を止め、シリアンがいくらか真剣味の増した表情で言った。

「実はですね、ミューラ様から一つ言い付けをいただいておりまして。帝国派の勢いが削がれるまでは、いったんこちらが用意した住宅へ身を隠すのがいいかと」

「住宅……？」

「はい。刺客に気づかれないように、裏ルートで確保した住宅になります。もちろん公爵家の屋敷より不便ではありますが、一番大事なのは身の安全ですから……」

「…………」

こりゃ驚いたな。

母ミューラも、俺のために独自に動いてくれてたってわけか。

「その住宅ってのは、この近くにあるのか？」

「ええ。そこで一定期間過ごした後は、また別の場所に移動して、そこも時間が過ぎたら移動して……。そのようにして時間を稼ぎたいとお考えです」

なるほどな。

たしかにそれが最も安全な方法ではあるか。

帝国の事情に介入するのは実質不可能なので、ほとぼりが冷めるまでは、安全な場所で身を隠す……。たしかに方法はそれしかないし、母もきっと、俺のために精一杯考えてくれたのだろう。

けれど。

「わかった。いったんはそこに泊まるとして……タイミングがきたら、王城へ乗り込むぞ」

「へ……？　乗り込むって、いったいどういうことですか？」

ゲームを散々やり込んできた俺ならわかる。

リィスティア王国ではもう間もなく、第二王女の誕生会が執り行われるはずだ。

その会場内に過激派組織が突如襲いかかってきて、王族たちを殺そうとしてくるんだよな。

シナリオ上では主人公の登場が間に合わず、王族が連れ去られ、物語が大きく動き出すことになるが――。

その前に王女たちを助けてしまえば、王族たちに恩を売ることができる。

そうすれば今の状況も変わるかもしれないし、何よりその過激派組織ってのが、帝国と共和国の人間たちなんだよな。

いくら帝国派といえども、自国の王女を誘拐しようとした帝国に肩入れすることはできないはず。つまりは帝国を擁護しようという動きも、この事件後は鈍っていくはずだ。

まさにゲームを何度もやり込んできた俺だからこそ見つけられる、唯一の突破口と言えるだろう。

俺一人で過激派組織を制圧するのは困難でも、シリアンがいれば話も変わってくるしな。

「なるほど、王女様の誕生会に過激派組織ですか……」

そのあたりの事情をシリアンに打ち明けると、さすがに彼女も最初は困惑のいろを浮かべた。

「正直にわかには信じられませんが、ルーフェス様はその〝信じられないこと〟を何度も成し遂げてこられました。ルーフェス様の専属護衛として、あなたを信じ、最後までお付き合いさせていただきます」

「すまないな。助かるよ」

こんな突拍子もないことを受け入れてくれるなんて、本当にありがたい限りだよな。

帝国へ潜入した時もそうだ。

謎の〝ワープポイント〟を踏めば帝国に移動できるとか、フェイラスが多くの女性を監禁しているとか……。

普通なら信じられないはずの俺の言葉を、彼女はしっかり信じてくれていた。

「それにしても、本当にすごいですね。ルーフェス様」

「ん？　何がだ？」

「今の状況は、ルーフェス様にとってあまりにもお辛いはずです。普通ならご両親と一緒になれないだけでも寂しいはずなのに……それでも、この状況を解決するために頑張ろうとしていらっしゃいます。普通できることじゃないですよ」

「……そうか。まあ、だとしたらシリアンのおかげじゃないかな」

「はい？　私ですか？」

「ああ。シリアンが味方になってくれているなら、絶対に危機を乗り越えられるって……そう信じられるんだ。おまえが徹底して俺を信じてくれているようにな」

「ル、ルーフェス様……」

そこで大きく目を見開くシリアン。

「ふふ。ルーフェス様が大きくなったら、さぞ沢山の女の子からモテるでしょうね。私、今からでも妬けてきちゃいます♪」

「いや、俺は本気で言ってるんだが……」

「はい、わかっていますよ。ありがとうございます、ルーフェス様」

そう言うなり、シリアンは背後から優しく抱きしめてくるのだった。

最終章　だいしゅきなシリアン

1

ルリア・フィ・フェスラーゼ。

それがリィスティア王国・第二王女の名だったはずだ。

俺と同じく現状の王国を憂いており、エルドシア帝国とヴァンド共和国、両国からの干渉から逃れたいと考えている人物でもある。

彼女自身も突出したカリスマ性を誇っており、わずかずつだが、ルリアに同調する声も増え始めているんだよな。

両国からすれば、その状況が疎ましいのは自明の理。

過激派組織となってルリア王女に襲いかかろうとするのも、ごく当然の流れと言えた。

「なるほど……。独立論を掲げるルリア王女をお助けすれば、ルーフェス様も行動しやすくなるというわけですね」

「そうだ。帝国派と共和国派の争いも、少しは軟化するだろう」

翌朝。

母ミューラが用意してくれた住宅内にて、俺たちは今後の対策を話し合うことにした。

ちなみにここは人里離れた小屋のような場所。

人が来たらすぐに気配でわかるので、逃走するにも打ってつけと言える。

「ええ。ルリア王女をお助けすれば、たしかに今後動きやすくなると思いますが……」

「なんだ？　何か引っかかるのか？」

「はい。ルリア王女の思想は私も承知していましたので、実は昔、ルリア王女の護衛を申し出たことがあるのです。実技試験は問題なく突破できたのですが、結局護衛には任命されなくて……」

「そうか。シリアンの思想と実力を鑑みて、王女につけるのは厄介だと判断されたってことだな？」

「はい……。おそらくそうでしょう」

シリアンは王国最強とも呼ばれる剣士だ。

王族を護衛するには打ってつけな人物であるはずなのに、王国側はそれを拒否した。つまりはルリアとシリアンが手を組むのを恐れたのだろう。

「となると、ガードは相当固いと見ていいだろうな。俺はもちろん、シリアンが近づくことさえ拒否されそうだ」

「そうですね。正攻法では会場内に入れないと思います」

たしかにそれはちょっと面倒くさいな。

シリアンだけ会場内に潜入できる可能性を期待していたが、それさえも難しそうだ。

「となると、裏道を使うしかなさそうだな」

「はい？　王城に裏道なんてあるんですか？」

「ああ、王族しか知らない秘密のルートがある。正しくは王族の緊急避難通路だから、公にはされていない情報だけどな」

「な、なるほど……。なぜそれをルーフェス様が知っているのかという質問は、ここでは野暮でしょうね」

「そ、そうだな。すまないが理解してもらえると助かる」

ここがゲームの世界だなんだと言ったところで、まあ十中八九、理解してもらえないだろうしな。今はそんな余計なことを話しているより、目の前の作戦に集中していきたいところだ。

ルリア第二王女の誕生会は明後日。

それまでに準備を整えておいて、しっかりと作戦に臨むつもりだ。

過激派組織は昨日の刺客たちよりも強いし、たしかシナリオ上では、厄介なボスモンスターを召喚してきたはずだからな。まず間違いなく、今までで最も苦戦する戦いとなるだろう。

「にゃおうん……！」

と。

シリアンと会議している最中に、神獣マロが俺のシャツの胸元から顔を出した。

「みゃお～ん」

マロは奇妙な鳴き声を発すると、俺の胸元から飛び立ち、何やら空中で猫パンチをしている。

「な、なんだ……？　もしかして一緒に戦ってくれるのか？」

「にゃん！」
マ、マジか。
その通りだと言わんばかりに鳴いてくるんだが。

「だ、大丈夫なのか？　フェイラスの監禁場所にいた兵士たちは、言ってしまえばそこまで強くなかった。だが明後日戦う相手は……いくらマロでも厳しいと思うぞ？」

「にゃんにゃん！」

マロは首を横に振ると、先ほどよりも激しく猫パンチをしてきた。

心なしか、「そんなの気にしないで！」と言っているように思えた。

「ふふ……きっとマロちゃんも悔しかったのでしょう。昨日の夜、ルーフェス様をお守りできなかったことを」

「え……そういうことなのか？」

「はい。この子にとっては、ルーフェス様は命の恩人ですからね。恩返ししたいと思っているのかもしれません」

「にゃんにゃん♪」

「ははは……。なんだよ、そんなこと気にしなくていいのにな」

猫はその場にいるだけで正義、異論は認めない。

「にゃお〜ん、にゃお〜ん♪」

……だがまあ、こんなにやる気を持っていることだしな。

明後日は文字通り猫の手も借りたい状態だし、マロにも協力してもらうとするか。

もちろん、マロを傷つけた奴は全員ぶっ殺す前提で。

「そうだルーフェス様。一つ大事なことを伝え忘れておりました」

「ん？」

「こちらです」

シリアンはそう言うなり、自身のリュックから一つのポーチを差し出してきた。

そこには数個のエリクサーを始めとして、いくつかの回復アイテムがぎっしり詰め込まれていた。各種ステータスを一時的に強化できるバフアイテムから、ＨＰやＭＰを回復できるアイテムまで満遍なく揃えられている。

「これは……シリアンが用意してくれたのか？」

「私が手配したものもありますが、多くはニアレ様からですね。あの方も帝国派から厳しい目を向けられているようで、直接の手助けはできないとおっしゃっておりましたが……それでも、できるだけルーフェス様のお力になりたいようでした」

「マジかよ……」

――ニアレ・フェイロ。

どうしてここまで慕ってくれるのかはわからないが、まさかアイテムの手配までしてくれるとは……。

本当、信じられないよな。

アイテムを送ってくるだけでも、ニアレにとっては相当のリスクになるはずなのに……。

「しかも、これだけではありません」

シリアンは明るい表情で再びリュックをまさぐると、今度は封筒の束をテーブルに置いた。

全部で八つほどか。

ジーガン、ラルファ、ヴァス……。

どこかで見たことある名前たちが封筒に書かれていて、俺は一瞬だけ目を細めた。

「まさか、これは……」

「ふふ、お気づきになりましたか」

そう言うと、シリアンはなぜだか誇らしい顔で二の句を継げた。

「そうです。以前トルトス村で話した方々ですね」

――たとえルーフェス様がアルデバラン公爵家の名を冠していなかったとしても、あなたは一生の恩人です。どうか負けないでください！――

――私は信じています。以前と同じように、ルーフェス様がいつか、トルトス村の宴にご参加くださることを――

――ルーフェス様は危険を顧みず、私たちのために帝国貴族を追い出してくださいました。どうか、どうか無事でいてください……!!――

一通一通の手紙には、このような感謝の言葉がずらりと並んでいた。

どれも俺を賞賛する内容ばかりで、まあ、さすがに悪い気はしないよな。

俺がアルデバラン公爵家を追い出された一番の要因は、あの時フェイラスを容赦なくぶっ飛ばしたから。

もちろんそれを後悔したことはないが、あの時のことを村人たちがまだ感謝してくれているのは、純粋に嬉しいことだ。

「ルーフェス様。きっとこれこそが、あなたが今まで紡いできたものなのでしょう」

「…………」

「状況はまだそこまで好転しておりませんし、王国も相変わらず二大国に脅かされているままです。だとしても、親愛なるルーフェス様をお守りしたい。その一心で、マロちゃんもニアレ様も、そしてトルトス村の方々も……ここまでしてくださっているのだと思います」

「ははは……。まるで少年漫画みたいだな」

「はい？　少年漫画？」

「いやなんでもない。こっちの話さ」

シリアンの言う通り、状況はあまりにも絶望的で、普通なら諦めきってしまう部分だ。

だが俺には、ここまで紡いできた絆ってもんがあるようだ。

そしてもちろん、徹底的にやり込んできたゲーム知識もある。

この二つが揃っておいて、俺たちが負ける道理なんてどこにもないだろう。

「ひとまず明日まではゆっくり身体を休めよう。明後日の朝には王都へ出発して、すぐに作戦開始とする。それでいいな？」

「はい。ルーフェス様のおおせのままに」

シリアンは俺の前でひざまずくと、胸に右手を当ててそう言うのだった。

2

翌晩。

私ことシリアン・ユーシアスは、部屋にこもって瞑想に徹していた。

明日はかなりの激戦が予想される。

ルリア第二王女もそうだが、しっかりとルーフェス様をお守りできるよう、今のうちに心身を整えておかねばならない。まわりからは剣聖だの最強剣士だのと呼ばれているが、やっていることは今も昔も変わらない。

毎日のように特訓して、より高みを目指し続ける。

ただそれだけだ。

きっとそれこそが、亡くなった弟・バルフへの弔いになると信じて。

「シリアン。ちょっといいか」

「あら……？」

するとふいに扉が叩かれた。

もちろん相手はルーフェス様以外に考えられないが、まさか彼のほうから私を訪ねてくるとは。

「はい、もちろんいいですよ。遠慮なくお入りください」

ギィイイイ、と。

やや鈍い音をたてて、扉が開かれた。

「すまないな。瞑想中だったのか？」

「ええ。ですが気にしないでください、もう少しで終わるところでしたから」

「そうか。悪いな」

ルーフェス様のほうは、たった今お風呂に入り終わったところなのだろう。

全体的に髪の毛が下ろされていて、動物の絵柄が入ったパジャマを着ている。これだけ見ると歳相応に思えて、何とも微笑ましい。

「な、なんで優しい笑みを浮かべてるんだ。俺はまだ何も言ってないだろ」

「いえ、気にしないでください♪　それで、何かご用でしょうか？」

「…………」

ルーフェス様はそこでなぜかもじもじすると、顔を赤くして言った。

「……別に。ただ一緒にいたいなって、そう思っただけだ」

「あら♪　あらあらあら♪　お姉さんと一緒にいたくなったんですか？」

「だ・か・ら！　そんな微笑ましい顔するなって言ってんだろ！」

「ふふ、ごめんなさい。ルーフェス様にそんなこと言われるとは思わず、ちょっと驚いちゃいました♪」

　私はそこで立ち上がると、近くにあったタオルで汗を拭き、ルーフェス様と同じくベッドに腰かけた。二人で横並びになった形である。

「……でも嬉しいです。私も同じく、ルーフェス様とお話ししたいと思っていましたから」

「そ……そうなのか？」

「はい。昨日は作戦を煮詰めるだけで、それ以外の話はほとんどしませんでしたからね」

「まあ、たしかに。そういえばそうだな」

　そう言ってこくりと頷くルーフェス様を見ていると、否が応でも彼を思い出してしまう。


　――バルフなんか大嫌い！　あんたなんか、もういなくなっちゃえばいいのに‼――

　――うるせぇ！　シリアンなんかに言われなくても、遠くへ行ってやるよ！――

　――そんなことできるわけないでしょ！　あんたなんか、お母さんがいないと何もできないんだから！――

　――はぁ⁉　ふざけんな、そこまで言うなら帝国にでも行ってやる！――


「…………」

　どこの家でも繰り広げられているような、些細な兄弟喧嘩。

私もこの時は精神的に未熟だったし、家から出ていったバルフを見て、せいせいした気持ちになったのが正直なところだ。

けれど。

――ユーシアス様の一家ですね。誠に申し上げにくいのですが、先日報道のありました沈没船に、バルフ君が乗っていたという情報がありまして……――

――は⁉　おいおい嘘言わないでくれよ、あいつはまだ八歳だぞ！　なんで一人で船に乗ってるんだよ⁉――

――申し訳ございません。そちらについては、私どものほうでは何とも……――

街の職員が訪ねてきた瞬間から、家の雰囲気はがらりと変わった。

私が弟を殺してしまったという自責の念。

喧嘩さえしなければ、バルフは今でもここにいたんじゃないかという後悔。

その感情が胸のなかで何度も蘇り、自分が自分でなくなってしまうような感覚を覚えた。

事件が発生したばかりの頃は、バルフの乗っていた観光船が、謎の砲撃を受けたという報道がなされていた。その砲撃について王国軍が捜査を開始しており、何らかの事実が判明し次第、また公表すると。

けれど、王国軍はあっさりと捜査を打ち切ってしまった。

砲撃を受けたというのは誤情報だった。最初は観光船の整備に問題はなかったと報道していたが、実はそっちのほうが誤り。悪いのは観光船を運営していた業者のほうで、すべての責はそちらにある——。

当時の私にも強引すぎると感じる方法で、王国軍は捜査を取りやめてしまったのだ。

そんなわけがない。

何かがおかしい。

私の大事な弟が死んだんだよ？

なんで誰も何も調べようとしないの？

砲撃を受けた跡があるって言ってたのに、それが整備不良とどんな繋がりがあるの？

考えれば考えるほど、王国軍に不信感を持ち始めていた。

その時からだ。

剣を取り、みずからの手で王国を変えたいと強く思うようになったのは。そうでもしないと、彼を殺してしまった罪を清算することはできないのだと。

「弟のことを考えてるのか？　シリアン」

「あら……気づかれましたか」

本当に、ルーフェス様は鋭いと思う。

生前のバルフも同い年だったけれど、ここまで人の気持ちに敏感ではなかった。

もちろんバルフが鈍かったというよりは、ルーフェス様が異様に聡いのだろう。

「そうです。見た目がそこまで近しいわけではありませんが、年齢は同じでしたからね」

「そうか……」

ルーフェス様はそこで息をつくと、組んだ両手を膝の上に置いて言った。

「俺が言っても生意気に聞こえるかもしれないけどな。たぶん……そのバルフって人は、きっと喜んでると思うよ」

「おや。そうですか？」

「亡くなる前の過程はどうあれ、自分のために姉がここまでしてくれているんだ。これが嬉しくないってことはないだろ」

「……そうですね。喜んでくれているといいのですが」

私はそう言うと、恐れ多いとは思いつつも、ルーフェス様と手を重ねて言った。

「でも、私はそれ以上に、ルーフェス様を失うことが怖いです」

「は……？　俺が？」

「はい。ルーフェス様は、王国の是正を諦めかけていた私の心に、再び光を灯してくれたのです。それだけではありません。着替えをどうするかで取っ組み合ったり、ルーフェス様の滑舌の練習をしたり……。そうした何気ない日常が、私はこの上なく楽しかった。もしルーフェス様がもう少し大人であったなら、恋心を抱いていたかもしれませんね♪」

「な………」

半分冗談で言った言葉だったが、なんとルーフェス様は顔が沸騰せんばかりに顔が真っ赤になった。

「なんだよそれ。大人だったら恋心を抱いてたって……」

「あら♪　もしかして照れてるんですか、ルーフェス様♪」

「て、照れてない！　そんなわけありゅか！」

と勢いよく否定してはいるものの、あからさまに顔が上気している始末。

しかも肝心なところで噛んでしまったので、余計に恥ずかしくなったんだろう。

「ぐぐぐぐ……！」

と言って、両足をもぞもぞさせながらそっぽを向いている。

こういう仕草を見ていると、彼も年相応の子だなと思う。普段は公爵家らしく尊大に振舞っているし、八歳児と比べて大人びているとも感じるが、それでもやっぱり根は男の子なのだろう。

ぎゅっ、と。

そんなルーフェス様がたまらなく愛おしくなって、私は彼を思い切り抱きしめた。

「⁉　お、おい、いったい何を……！」

「ふふ、ハグしたかっただけですよ。そんな怒ることないじゃないですか♪」

「お、おまえなあ……」

――バルフへ。

私はこれから、ルーフェス様と一緒に王国を導いていきたいと思います。

まだまだ私も未熟者だし、道のりはあまりに険しいけれど……それでも、私もできる限り前に進んでいきたいと思います。

それがあなたへの、精一杯の弔いになると信じて。

3

出発当日の朝。

俺とシリアンは辻馬車を用いて、さっそく王都へと向かった。

所要時間はだいたい二時間ほど。途中で刺客が襲いかかってくることもなく、ここまでは無事にやってくることができた。シリアンが俺に合流したとなると、向こうも警戒せざるをえないのかもな。

王都リィスティア。

ゲームプレイ時は何度も訪れた場所だが、実際にルーフェスの姿で赴くのは初めてだ。

さすが王国の中心地というだけあって、街並みは全体的に華やか。

そこかしこに高級住宅と思われる家屋が立ち並び、各所に設置されている植木もまた、お洒落な雰囲気に一役買っている。行き交う人々もどこか垢ぬけており、ここが王国の最先端であることが否が応でも伝わってくるな。

そして今回の目的地は、王都のさらに中心地。

第二王女ルリアを始め、王族たちの暮らしているリィスティア王城だ。

ここから王城まではかなりの距離があるはずだが、さすがは王国一の巨大さを誇っているためか、入口からでもその全体像がよく見渡せる。

「落ち着いておられますね、ルーフェス様」

そんなふうに王城を見上げていると、横からシリアンが話しかけてきた。

「まあな。本番はこれからだし、緊張するには早いだろ」

「ふふ、さすがです。大人でも緊張する場面だと思うんですけどね、普通なら」

ちなみに現在は、俺もシリアンも変装中である。

俺は黒縁眼鏡と緑色のベレー帽を身に着け、服装も庶民のそれに変更。

シリアンも濃紺色のドレスに着替え、剣士とは思われないようにしている。一応剣も携えているので、それが見られないような服装にしているってことだな。

何せ俺たちは帝国派や共和国派に追われている身。ルリス第二王女にも接触させたくないだろうし、ここは慎重になるに越したことはないだろう。

「ここからは歩いて話そう。変装しているとはいえ、あまり目立ちたくはない」

「了解です。この後は王城への秘密ルートを探すんですよね」

「ああ。まずは地下水路を辿っていこう」

何度も《零魔の刻》をやり込んできた身からすると、秘密ルートへの道のりはもはや地図を見なくともわかる。住宅街に入ると路地もやや入り組んでくるが、それも含めて、前世では何度も迷ってきたからな。

そして。

「ここだな」

住宅街。その路地裏にて。

人気のない水路の脇道を歩んでいくと、鉄格子の扉に突き当たった。

「なるほど。王城への秘密ルートはこの先ってことですか？」

「ああ。正確にはもう少し仕掛けを解く必要があるけどな」

「でも、鍵がかかってますよ？　どうするんですか？」

「ふふ、決まってるだろう」

俺はそこで不敵な笑みを浮かべると、ドヤ顔とともに言い放った。

「切り捨てるんだよ。シリアンの剣でな」

「……思ったより直球な解決方法でしたね」

我ながら乱暴な策だと思うが、たしか正規のシナリオでは、役所から鍵を貰う以外に方法がなかったからな。今の俺たちでは役所に行った瞬間に捕縛されるので、これしか取れる手段がない。

まあ、事件が解決しさえすればすべて丸く収まるだろう。

この扉を破壊したのだって、ルリア第二王女を助けるためとか何とか言っておけばいいし。

「……では、なるべく音を立てずにいきますね。せいっ！」

シリアンが静かな声を発したその瞬間、南京錠が音もなく破壊された。

さすがは剣聖と呼ばれるだけあって、見事という他ないお手並みだな。

「ふふ、どうですかルーフェス様。お姉さんに見惚れちゃいましたか？」

「アホなこと言ってる場合か。さっそく乗り込むぞ」

扉を開けると、中には薄暗い通路が広がっていた。

地下水路なので、やや腐った匂いが立ち込めているのと、湿気が強いのはご愛敬か。それ以外は魔物も徘徊しておらず、特に苦労なく進めそうだった。

「帝国潜入時も思いましたが、ルーフェス様、本当に迷いがないですね。ゴールまでの道のりが、最初からわかっているというか……」

「まあな。その理由まで説明することは難しいけど、できるだけついてきてもらえると助かる」

「もちろんです。ルーフェス様のこと、信じていますから♪」

このような掛け合いを繰り広げつつ、俺たちはとうとう目的地に到着した。

一見するとただの行き止まり。周囲と何も変わらない壁が目の前にあるだけの、何の変哲もない空間だった。

「ふぅ……」

俺はそこで体内の魔力を右手に集中させると、壁面を五か所、順番に指先で押していった。

これも《零魔の刻》で何度もやってきた、秘密のルートを開通するための儀式だな。

「あっ……！」

果たして目前の壁面が二枚扉のように開かれていき、シリアンが驚きの声をあげた。

「す、すごい……。これが王城への隠し通路、ということですか」

「そういうこった。ここまでくれば、誕生会の会場は間近だろう」

ルリア第二王女の誕生会は、たしか午後一時に開催される。

そして過激派組織が乗り込んでくるのが、シナリオ上ではその直後。

今がちょうど一時になる前なので、何とか間に合いそうだな。

「この通路を抜けた先は王城の武器庫だ。シリアンは来たことあるんだっけか？」

「そうですね。ルリア王女の専属護衛を申し出た時、試験のための武器を取りに来たかと思います」

「そうか……なら話が早そうだな」

ここからはシリアンに先を行ってもらい、人の気配がないか探ってもらうのがいいだろう。

仮に武器庫に誰かがいて、俺たちがそこに乗り込んできたら間違いなく騒ぎになるからな。

「はい、わかりました！」

シリアンにそれを伝えると、彼女は快く了承してくれた。

「では、ルーフェス様は私の後をついてきてください。武器庫を抜けた後は、誕生会の参加者を装って会場に向かえばいいんですよね？」

「ああ。身分確認は入口で行っているはずだから、王城内に入り込めればこっちのものだろう」

「わかりました。では、ついてきてください」

そんなやり取りをかわしてから、俺たちは王城へと足を踏み入れるのだった。


結論から言うと、潜入は無事に成功した。

武器庫には当初数名の気配があったそうだが、シリアンが見事それに気づいてくれた。

後は気配が消えた後に室内に潜入し、何食わぬ顔で〝誕生会の招待者〟のフリをして王城に潜り込んでいく――。

後とも単純な作戦ではあったが、これで無事、第一関門はクリア。

俺たちの正体が見破られないかが心配ではあったものの、それについても問題なさそうだ。

しっかりと身元がわからないように変装しているし、俺だって一応、公爵家の息子だからな。

こういう場には自然に馴染めているらしく、不審に思われている様子はなかった。シリアンもドレスを着こなしているし。

現在時刻、午後一時手前。

時間的にも余裕があるので、ひとまずは及第点と言っていいだろう。

会場内にはいくつもの丸テーブルが設置されていて、その上に所狭しと料理が並べられている。立食形式のパーティーであるため、参加者たちは全員、立ったまま談笑に花を咲かせているな。

今のところはすべて予定通り。

後はこのまま、時が来るのを待っているだけでいい。

テロリストどもは奥の窓を突き破ってくるので、それにさえ警戒していれば問題なしだ。

——と、そう思っていたのだが。

「おいおい、おまえ誰？　ここは貧民が来ていい場所じゃないんだよぉ？」

ふいに参加者の一人に話しかけられ、俺は眉をひそめた。

「なんですか、あなたは」

「ははははは！　おいマジか、僕のことを知らないのかい⁉　僕はヒュデスキン家の長男だよ？　本気で言ってる？」

ああ、なるほど。

ヒュデスキン家といえば、王国でもそれなりに名の通っている侯爵家だったはずだ。

立場的にはアルデバラン公爵家に及ばないものの、貴族のなかでも上位の地位を築いているんだよな。だからだいたいの人間には〝上から目線〟で話せるし、こいつはとりわけ、ヒュデスキン家でも横柄な人物だった記憶がある。

名前はたぶん、ダバス・ヒュデスキンだったか。

年齢は八歳で、金髪のおかっぱ頭が特徴的なクソガキだ。

「僕の名前を知らないってことは、君ら、普通じゃないよねぇ？　身分を教えてくれないかぁい？」

「……明かす必要を感じません。ルリア王女の寛大な計らいで、ここは貴族以外も招待されていると聞いていますが？」

「は？　そうなのか？」

「ええ。もしかしてご存知ないとか？」

「は、ははは。そんなわけないだろバーカ」

まあ、こんなのは口から出まかせだけどな。

ダバスは残念な知能の持ち主なので、うまくハッタリを利かせればどうにかなるわけだ。

つーか、こんな奴はどうでもいい。

ルリア第二王女をテロリストどもから助けるのが今回の目的なので、こんな小物からはとっとと離れないとな。

「おいおい、でも僕はヒュデスキン家だぞ？　おまえが誰であろうが、僕といい関係を築いておくに越したことは……」

「――皆様、ご静粛に願います！　ルリア第二王女がお見えになります！」

司会者の大声が、ダバスの戯言を掻き消した。

「とうとう来たか……」

俺はごくりと息を呑み、テロリストが現れるであろう窓のほうへ歩を進めていく。シリアンも黙ってそれについてきた。

「おいおまえ、どこに行くんだ。僕を無視するな……！」

なぜかダバスも後をついてくるが、こいつは放っておく。

シナリオ上でも死亡するキャラではなかったので、余計なことをしなければ、少なくとも死ぬことはないだろう。

「おおおおおおっ……！」

「ルリア王女殿下！」

「また一段とお綺麗になって……！」

ルリアが登場した瞬間、参加者たちが一際大きな声をあげた。

――第二王女ルリア・フィ・フェスラーゼ。

歳はたしか二十二歳で、まさに眉目秀麗という言葉がぴったりな女性だな。

葵色(あおいいろ)の髪を腰のあたりまで伸ばし、目はくっきりと丸く、鼻筋も綺麗に通っている。

人は見た目だけでは判断できないが、ルリア第二王女に関して言えば、一目見ただけで〝聡明(そうめい)な女性〟ということが伝わってくるな。今の王国に疑問を持っているだけでなく、その疑問を解決するための権力と知略を持ち合わせているような……。そんなふうに思える。

実際、ルリアは《零魔の刻》でも有能キャラとして知られていたからな。

あわよくばリィスティア王国を取り込みたい帝国・共和国にしてみれば、これほど厄介な相手もいないだろう。だからこそ、ゲーム中でも命を狙われることになるんだが。

さて、シナリオ通りなら、じきにこのままテロリストが現れるはず。

ゲーム知識を活かしさえすれば、本当はテロ行為そのものを未然に防ぐことも可能なんだけどな。それをしてしまったら俺の目的は果たせないので、すまないがテロリストが現れるまでは静観しているつもりだ。

「おいおまえ、高貴な俺様を無視してんじゃ……」

背後のダバスが業を煮やしたように声を荒らげた、その瞬間。

すさまじい破砕音とともに、窓ガラスが外側から打ち砕かれた。シナリオ通り、武装した男たちが多数潜入してきたのである。

その数、合計二十八。

背後にも大勢のテロリストが控えているが、ひとまずは第一陣が現れた形だな。

「わ、わわわわわぁぁああ！　な、なんだぁ⁉」

情けなく尻餅をついているダバスを見下ろすと、テロリストの一人が大声を張った。

「我らは王国覚醒党！　新しい王国の在り方を否定し、旧き時代にこそ平和と安寧があると信ずる同志の集団である！」

「え、まさかテロ……!?」

「しかも王国覚醒党だって……！」

テロリストの主張に対し、参加者たちは一様に恐怖の表情を浮かべている。

王国覚醒党といえば、リィスティア王国でもそこそこ有名な政治団体だな。ルリアのように脱帝国・脱共和国を狙っている者を嫌い、旧き良き王国の在り方こそ、人々の幸せが待ち受けているのだと主張する団体である。

だが前述の通り、彼らの正体は帝国と共和国から送り込まれた刺客。

本物の王国覚醒党メンバーではない。

過激的な政治団体を隠れ蓑（みの）にすることで、両国の手を汚さぬままにルリアを始末しようとしているわけだ。

「ひ、ひゃぁぁあああ！　お助けぇぇぇぇ!!」

高貴な貴族を名乗っていたはずのダバスは、情けなく鼻水を垂らしながら逃げていく。その際に一度コケてしまったので、しばらくは笑い話の種になるだろう。

「で、でもなぜテロリストが……！」

「王国軍が警戒を敷いているはずじゃ……」

「ふん。そんなもの、我らの敵ではない」

青白い表情で呟く参加者たちに向け、テロリストが冷然と言い放つ。

「警備にあたっていた王国軍は我らのほうで無力化した。下手なことをしようと思わぬことだな」

「ひっ…………！」

「クク、まあそう怖れることはない。我らの目的は王女のみ。そいつの命さえ奪うことができれば……」

「はん、よく言ったものだな。帝国軍のスパイさんよ」

張り詰めていた場の空気を、俺の声が切り裂いた。

「嘘つくのはよくねえな。どうせ、帝国と共和国のお偉方が裏で手を回しただけだろ。この時間だけ警備を緩くしてほしいってな」

「な、なんだと……!?」

テロリストがぎょっと目を見開く。

「口から出まかせを言うな！　そんなに死にたいのなら、貴様から屠ってやる！」

正体を指摘されて焦ったのだろう。

大勢のテロリストどもが、俺に向けて一斉に突進を仕掛けてくる。剣や斧など、それぞれの武器を用いて目にも止まらぬ速度で迫ってくる。

だが。

「遅い！」

俺はあらかじめ右手に集中させていた魔力を解放。

幻属性・中級魔法ダークマター。

風属性・中級魔法エアリアルクロー。

「うおっ……！」

「馬鹿な！　なんだこの威力は……！」

強力な重圧と風圧に呑み込まれ、数名のテロリストが悲鳴とともに地面に伏せた。

前世で何度も《零魔の刻》をプレイした俺には、奴らの行動パターンなど手に取るようにわかる。先手で魔力を練っておくなど造作もないことだった。

「くっ……」

「まさかこいつが、報告にあったガキか……⁉」

「変装してるってのか！　生意気な……！」

そして今の一撃で、俺が油断できない相手だと悟ったのだろう。

テロリストたちの表情が一層険しくなり、静かに俺の出方を窺っている。

参加者たちの避難を呼びかけるなら——今だろう。

「さあ、逃げてください皆さん！　テロリストどもは私のほうで抑えます！」

「え……？」

「もしかして、あの方ルーフェス・アルデバラン様じゃ……」

「たしか公爵家を勘当されたはずでは……」

参加者たちがどよめきをあげるなかで、俺はたしかに見た。

第二王女ルリアが、心配そうな表情でこちらに視線を向けるのを。

だが彼女は一目散に避難しなければならない立場。不安そうな目線を俺に注ぎながらも、護衛に呼ばれて退散していった。

「し、しかし、ルーフェス様！」

急いで避難を始める参加者たちのなかで、一人の貴族が俺に声を投げかけてきた。

「おそらくテロリストたちは他にもいます！　あなたもすぐにお逃げにならないと……！」

「――いえ、それは無用な心配です」

ふいにそう言ったのは、剣聖シリアン・ユーシアス。

彼女は勢いよく地を蹴ると、文字通り人間離れした速度でテロリストたちを攻撃し始めた。

戦闘経験のない者からすれば、ただ光の筋があちこちを舞っているようにしか見えないだろう。テロリストたちは自分が斬られたことも気づけない様子で、声もなく倒れている。

「この程度の連中を倒すことなど、私にとっては造作もありません」

そしてシリアンが着地した頃には、すべてのテロリストたちが気を失っていた。

「この場には私とルーフェス様がいれば充分です。閣下もどうかお逃げください」

「む……！　わ、わかった」

先ほどの貴族はこくりと頷くと、慌てた様子でパーティー会場から退散していった。

さすがは剣聖シリアン。

彼女がいるだけで戦況が一気に有利になるな。

「シリアン。俺の予感が正しければ、残り三十人ほどのテロリストが控えている。どうにか突破できるか？」

「ええ。たやすいことです」

シリアンはそう言って頷くと、いくばくか柔らかい表情で俺を見つめた。

「今度こそ、私は絶対にルーフェス様の傍を離れません。たとえこの身潰えようとも、必ずやあなたを守ってみせます」

「……俺も同じ気持ちだ。ここを切り抜ければ、きっと前までの日常が戻ってくるはず。最後の最後、しっかり切り抜けていくぞ！」

「はい‼」

その後もテロリストたちが窓ガラスから侵入を試みてきたが、俺とシリアンの連携によってしっかりと倒し続けることができた。

そもそもからして、最初の襲撃から時間も経っているからな。

いくら二大国からの介入があるとしても、そう長いこと王国軍を規制できるものではない。王女の誕生パーティーにテロリストが襲撃を仕掛けたにもかかわらず、軍が何もしないとあっては、それはそれで対外的に示しがつかないからな。

だから時間が経過すればするほど、俺たちのほうが有利になる。

王国軍がこっちに駆けつけてくれるばかりか、全方面において警備体制が厳重になるからな。テロリストは他ルートから王女の元へ向かうこともできず、絶望を味わうことしかできないわけだ。

「おのれ……。まさか我々の計画を邪魔されるとは……」

そして。

対策の甲斐あってテロリストも残り一人となり、そいつを俺とシリアン、数名の王国軍兵士たちが取り囲む構図となった。

「なぜだ。前もって警備を緩めておくよう、外交官が依頼していたはずなのに……」

「ほう？　面白いことを言うな」

そんなテロリストの呟きを、俺は聞き逃さなかった。

「おまえは王国覚醒党の構成員ではなかったのか？　なぜ、そこで〝外交官〟という言葉が出てくる」

「ぬっ……」

「ルーフェス様。あなたって方は……」

「まさか我々とともに戦うだけでなく、テロリストの正体まで推論されるとは……」

悔しそうに歯噛みするテロリストに、驚きの表情を浮かべている兵士たち。

まあ当然の反応だよな。テロリストが本気で侵入してきている戦場に、八歳児が紛れ込んでいるわけだから。

だが、これで油断してはならない。

最後のこいつを倒し、潜入しているテロリストが他にもいないか確認してこそ、今回の事件が決着するのだから。

「——クク、ははは。アハハハハハハハ！」

と。

何を思ったのか、俺たちに囲まれているテロリストが急に大声で笑い出した。

「さすがに思いも寄らなかったぞ。まさか本当に、我々が秘密裏に開発していた〝あれ〟を使うことになろうとは！」

「は……？」

「後悔するがいい！　今ここに、最強の使い手——シリアン・ユーシアスを連れてきたことをな！」

「…………っ⁉」

次の瞬間にテロリストが取り出した物を見て、俺はすべてを悟った。

あれは……《パンデモニウムの刻限》。

前世で言う時計のような外見をしており、一言で言うなれば、対象者を悪魔化させる道具だったはずだ。時間と空間に歪みを生じさせることで、対象者の存在を〝書き換える〟という恐ろしい設定だったと記憶している。

本来ならここでは登場しないアイテムだが、またシナリオの改変が引き起こされたってのか……⁉

そしてさっき、テロリストがシリアンの名を呼んだってことは……！

「まずい！　逃げろシリアン！」

「え……？」

「いくら剣聖でもまずい！　《パンデモニウムの刻限》に呑み込まれた者は、例外なく……」

しかし俺の呼びかけも虚しく、シリアンは突如として、妖しい紫色の光に包まれ始めた。

「カーッハッハ！　マジで底知れねえガキだな！　俺たちが極秘で開発しているこいつの名まで知ってるたぁ……。だがもう遅い！　これから起こる絶望のショーに、せいぜい身を震わせるがいいさ！」

「な、なんだ、これは……！　かはっ！」

シリアンが目を瞬かせている間にも、彼女を取り巻く光がさらに輝きを増す。

「ルーフェス様、お逃げください！　このままでは……！」

そしてその光がシリアンの全身を呑み込んだ瞬間、彼女の身体が急激な膨張を果たし――そこに最悪の化け物が登場するのだった。

例えるならば、灰色の魔王とでも言おうか。

金色に光る不気味な瞳に、凍り付いたかのように冷たい表情。灰色の両手から伸びる爪は不気味なほどに長く、あれに切り裂かれたが最期、生きて帰れる自信はない。両足にあたる部分には蛇のような生物がひしめき合っていて、否が応でもシリアンが怪物になったことを思い知らされる。

そして極めつけは、化け物の全長だろう。

シリアンは平均的な成人女性の身長だったはずだが、《パンデモニウムの刻限》に呑み込まれた影響で、今では見上げんばかりの巨人に変貌してしまっていた。

「ガァァァァアアアアア！」

「くおっ……」

シリアンが叫び声をあげただけで、言い知れないほどの圧が押し寄せてくる。

「《零の無間(ぜろのむけん)》より世界を管轄する魔王の一柱――メルディーガ・ゼラウス」

「ハハハハハハ！　よく知ってるな小僧！　やはりおまえはただ者ではないようだ！」

俺の呟きを聞いて、テロリストが勝ち誇ったかのように大声をあげる。

「ならばわかっているだろう！　そもそも魔王メルディーガは我々と生きている次元が違う！どう足掻いたところで、絶対に勝てるはずがないのだよ！」

ピン、と。

魔王メルディーガの瞳が妖しく光った。

突如、周囲の風景が激しい勢いで後方へと流れていく。

煌びやかなパーティー会場だった風景が、何ともおぞましい荒地へ。

あちこちに点在する枯れ木や、魔物の死骸や、それを喰らう怪鳥たち――まるで太陽から見捨てられたかのような場所へと移動させられていた。

「な、なななな、なんだこれは！」

「こんな不気味な場所、見たこともないぞ！」

「……落ち着け。魔王メルディーガの見せる幻術だ」

慌てふためく兵士たちに、俺はあくまで静かに声を投げかける。

「そう慌てなくても、元の場所へ戻ることは可能だ。――あいつを倒しさえすれば、だけどな」

テロリストの言っていた通り、魔王メルディーガはそれこそ別次元の強さを有する。

《零魔の刻》でも本編では登場せず、たしか裏ボスの一体として登場したんだったか。こんなシナリオ序盤で、しかも八歳児が戦える相手ではない。

もちろん、不測の事態が起こりうる可能性は想定していた。

だからシリアンという最強剣士を連れてきたのだが、まさかそのシリアンが悪魔化させられてしまうとは……。

繰り返すが、魔王メルディーガの強さは別次元。

おそらくシリアンでも勝てない。

そんな化け物に挑むなんて、前世の俺だったら即リセットしていた場面だが――。

「クオアアアアアアアアアッ！」

「シリアン……」

俺は雄叫びを上げ続ける魔王メルディーガに向けて、ゆっくりと歩み寄っていった。

「すまないな。俺を守ろうとしたばっかりに、こんなひどい結末に巻き込んじまって。俺が勘当されちまったばかりに、こんな厄介事に巻き込んで」

「クオアアアッ……。アアアアアアッ！」

気のせいだろうか。

魔王と化してしまったはずのシリアンが、懸命に訴えかけてきているように感じられた。

違う、それは違うのだと。

「シリアン……」

「アァァアアア、カアアアアアア……！」

これは、泣いているのだろうか。

今すぐに襲いかかってこないことといい、やはりまだ、シリアンとしての意識が残っているということか？

「ふむ……妙だな。本来ならば、立ちどころに人格が魔に呑み込まれるはずなのだが」

テロリストもまた、不思議そうな表情で魔王を見上げる。

「ならば浸蝕をより強める他ないだろう。二度と人の姿に戻れぬようにな」

「おい、やめろ――！」

俺が慌てて絶叫するも、残念ながら間に合わなかったようだ。

テロリストは再び《パンデモニウムの刻限》を掲げるや、魔王メルディーガに向けてさらに強烈な光を浴びせた。

「ガァァァアアアアッ！　ノァャアアアアアアアアアアアアアア！」

「シ、シリアンっ……！」

「ノアアアアアアアアッ……！　コロス、ミナゴロシニ、スル……！」

「くっ……」

駄目だ。

わずかに残っていたと思われるシリアンの理性は、今この瞬間をもって完全に消え去った。

今目の前で叫んでいる化け物は、もはや俺を優しく見守ってくれたシリアン・ユーシアスではない。

正真正銘の怪物——魔王メルディーガ・ゼラウスだ。

「くっ、なんという圧か……！」

「我々の力だけで、こんな化け物を倒せるのか……？」

王国軍の兵士たちもすっかり恐怖に陥ってしまったようだ。

恰好だけはそれぞれの武器を構えているが、両手両足が完全に震えてしまっている。

「魔王は俺が相手する！　おまえたちはあのテロリストを始末しろ！」

「し、しかし、さすがにルーフェス様お一人であの怪物と戦うのは……！」

「俺は大丈夫だ！　何とか切り抜けてみせるさ！」

いくらゲーム知識があるとはいえ、魔王メルディーガは疑いの余地のない化け物。

本来ならば絶対に勝てるはずのない対面だが——それでも、ここで負けてはいられない。俺自身が生き残るためにも、リィスティア王国をより正しき方向に導くためにも、何よりシリアンを助けるためにも……！

「いくぞシリアン！　絶対に、おまえの目を覚まさせてやるからな……！」

かくして、最後の戦いが幕を開けたのだった。

「ホロビヨ、ニンゲン……！」

おどろおどろしい声でそう呟くや、魔王メルディーガは二本指を俺に向けて突き出してきた。

「…………っ」

俺は咄嗟に地面を蹴ると、全速力で元いた位置から離れる。

瞬間、俺のいた場所から天に向けて、鋭利な槍が飛び出してきた。

魔法で精製された魔槍で、あれを喰らえば特大のダメージは免れない。さらには一定期間で定期的にMPを魔王に吸収されるという、厄介な状態異常を貰う羽目になる。

「ホウ。アレを避ケルカ……」

魔王が感心しているその隙を縫って、俺は体内の魔力を右手に集中。

今までは力を温存しながら戦っていたが、今回は相手が相手だ。惜しみなく魔力を解放し、俺は転生後初となる上級魔法を発動する。

――幻属性・上級魔法ワープホール。

そう心中で唱えた瞬間、俺の身体は魔王の顔面と近距離まで転移した。

「ナニ……!?」

「おまえの動きは把握済みなんだよ！」

続いて発動するのは、風魔法の上級魔法――ビッグバンプラズマ。

対象者に向けて縦横無尽に荒れ狂う〝風の刃〟を発生させることで、かなりのダメージを与えられる大技だ。〝風の刃〟と聞くと弱そうに思えるかもしれないが、これが掠るだけでも、肉体がざっくり抉られるほどの威力を誇る魔法だからな。

それが無数に襲ってくるわけだから、相当に強い魔法であることは疑いの余地もない。

「グォォオオオ……！」

現に魔王メルディーガも、その〝風の刃〟の嵐に取り込まれ、身動きできずにいる。

「オノレ……！　オノレオノレオノレ‼」

魔王メルディーガは怒りの声を発するや、両腕を大きく広げ、その〝風の刃〟を力ずくで振り払った。

「許サヌ！　人ゴトキが我を痛メツケルナド、ソノヨウナ傲慢は許サヌゾ……！」

「うおっと……」

次点で魔王メルディーガの取ってきた行動は火属性の魔法。

天空から隕石のごとき火炎を突き落とすことで、対象者に大きなダメージを与える強力な魔法だ。

だが当然、俺は魔王の行動パターンを知っている。

よってその上級魔法が放たれる前から、攻撃の死角となる場所——つまりは魔王の背後へと回り込むことができていた。

「ナ、ナンダト……!?」

「今度はこっちを喰らうがいい。幻属性・上級魔法……ファンタズマグラスト」

俺がそう唱えた瞬間、魔王の頭上に巨大な二枚扉が出現。

その扉からおよそ千の聖剣が現れ、それが一斉に魔王へと襲いかかった。上級魔法とされているだけあって、これも先ほどの《ビッグバンプラズマ》と負けずとも劣らない威力を誇っている。

「ガァァアアアアア……！」

一応、効いてはいるようだな。

ゲーム中に登場した魔王メルディーガだったら絶対に勝ち目がなかったが、今戦っているこいつは、テロリストによって強制的に姿を変えさせられた存在。

本物の魔王にはまるで及ばないため、今の俺でもそれなりのダメージを与えることができている。

――が。

「グオアアアアアアア！　愚かなり人間！　我ト戦うなどと、その考えコソが傲慢だと知レ！」

魔王メルディーガは雄叫びをあげると、自身の周囲に漆黒の霊気を出現。薄い膜のようなオーラを、自分の全身に展開した。

その瞬間からだ。

ひっきりなしに魔王に襲いかかっていた聖剣たちが、なすすべなく弾かれ始めたのは。

「ちっ、もうその手に出るか……！」

魔王メルディーガが今行ったのは、《界ノ壁》という大技。

下界——つまり俺たち人間が暮らしている世界——の攻撃をすべて無効化するという、文字通りの反則技だ。

確認のため初級魔法を軽く打ち込んでみるも、やはり問答無用で弾かれてしまうな。

この技を使わせないために、短期決戦を狙って上級魔法をぶちかましたというのに……。

「くっそ……」

しかし現実はあまりに無情なもの。

強力な魔法を連続で使ってきた反動で、体内の魔力が一気に消耗されてしまった。

これでは——勝てない。

「クク、小僧。なぜか貴様ハ我の動キを知っていたヨウダガ……。さすがにモウ、動けなくナッタカ」

片膝をつく俺に対し、魔王メルディーガは勝ち誇ったような声を発する。

「安心シロ。元より彼我の実力差は段違イ。苦シムのもゴク一瞬デアロウ」

「ぐおっ……」

魔王に身体を掴まれ、俺は思わず呻き声をあげる。

「ダガこのままアッサリ殺スのも面白クナイ。ジワジワと、少しズツ、少しズツ押しツブしテヤロウ……！」

「がぁぁぁあああ……！」

ぎゅう、と。

魔王に押し潰され、全身の骨の軋む音が聞こえる。

例えようがないほどの激痛が押し寄せ、無意識のうちに涙が溢れ出てくる。

後数秒も握られ続ければ、自分はこの世を去ることになるだろう——そんな本能的な直感が脳裏をよぎる。

けれど。

「シリアン…………」

いったいどうしてだろうか。

この世界に転生したばかりの頃は、再び死ぬことがないように願っていた。

上司に媚売っていた前世とは違い、自分だけの人生を生きていきたいと思っていた。

なのに。

「ありがとな……シリアン。おまえに殺されるなら、本望か……」

——私は日夜、ルーフェス様のことばかり考えていますから——

――でも、私はそれ以上に、ルーフェス様を失うことが怖いです――

――もしルーフェス様がもう少し大人であったなら、恋心を抱いていたかもしれませんね――

彼女と過ごした思い出が、走馬灯のように蘇ってくる。

「にゃおおおおおおっ！」

ふいに、今まで物陰に隠れていた神獣マロが勢いよく飛び出してきた。

ここは戦場だ。だからテロリストが来る前から、できるだけ身を隠していてほしいと言付けていたのだが……。

「にゃ！　にゃ！　にゃああ……！」

神獣マロは必死な様子で魔王メルディーガの腕にかじりつく。

滂沱（ぼうだ）の涙を流しながらも、俺を守るためにと全力で噛み続ける。

「やめろ、マロ……。俺はもう……」

「にゃあ、にゃあ……！」

「シリアン……。ごめんな、俺が守ってやれなくて……」

閉ざされていく意識のなかで、俺は最期の力でぼそりと呟いた。

「――大好きだ、シリアン」

4

私ことシリ■ン・ゆー■■すは、今まで空虚な人生を送ってきた。

ただ頭に血が上ってしまったくらいで、弟の死を誘発してしまったこと。

それがきっかけでリィスティア王国の欺瞞に気づき、その違和感を正そうと行動しようとしたが——学力に自信がなかったゆえに、剣の道に逃げてしまったこと。

やっとの思いで剣聖と呼ばれるようにはなったが、貴族たちはもう二大国の管理下に入っている状態。いくら剣術の高みを目指したとて、自分の力だけでは何もできなかったこと。

本当に、空虚な人生だった。

ただただ状況に振り回されて生きるだけ。

剣聖などと持て囃(はや)されてはいるが、それも結局、他人より努力していただけでしかない。

無念に散っていった弟を弔うこともできず、何事をも成せなかった哀れな女。

それが私の人生だった。

ルーフェス様を心酔するようになったのも、彼に縋(すが)るしか道がなかったからだと思う。

だってこのままでは、剣の道を極め続けようとした日々が無駄になってしまうから。だから
ルーフェス様という希望を見つけ、その上で自分の剣術が活きる道を偶然見つけた。

どこまでも利己的で、どこまでも自分勝手。
それがシリ■ンという女であると――心のどこかではわかっていた。
でも見て見ぬフリをし続けてきた。
そのほうが楽だったのだ。王国を是正するために行動した気になれるから。
私という人間に存在価値はない。
だったら、たとえこの身が辛かろうとも、命を懸けてルーフェス様をお守りしたい。
――だって、今の私には、それしかできないのだから。
「ありがとな……シリ■ン。おまえに殺されるなら、本望か……」
ルーフェス様の声が聞こえてきたのはその時だった。
「シリアン……。ごめんな、俺が守ってやれなくて……」
「る、るーフェす、様……？」
なんでだろう。
どうしてルーフェス様は、そんなに辛そうな表情を浮かべているのだろう。
だって、私は何事をも成し遂げられなかった空っぽな女。
私のために泣く道理なんてない。
なのになぜ、そんなに私を見て泣いているの……？
しかもどうして……私までこんなに胸が苦しくなるの……？

「――大好きだ、シリアン」

「ル、ルーフェス様……？」

突然かけられたその言葉に、私ははっとした。

★　★　★

「クァ……アアアアア……？」

と。

押し殺されそうになったその瞬間、俺は突如、魔王の手から解放された。

「…………っつ」

慌てて着地の体勢を取るも、しかしさっきまで魔王に握られ続けていたからな。思ったように姿勢を整えることができず、不格好な形で地面に着地してしまった。

「ドウ、シテ……。ドウシテ、ルーフェス様ハ、私ヲ……？」

「シ、シリアン……⁉」

そして魔王メルディーガの発した言葉を聞いた時、俺は思わず両目を見開いてしまった。

「シリアン！　シリアンなのか⁉」

「ワカラナイ……。私は、魔王……？　私は、剣聖……？」

「…………」

「違う、私ハ、何事も成セナカッタ愚カ者……。大事ナ弟ヲ、殺シテシマッタ……。剣聖……？　魔王……？」

「っ…………」

これでわかった。

彼女は〝揺らいでいる〟のだ。

テロリストが使用した《パンデモニウムの刻限》は、あくまで対象者の存在そのものを書き換える役割を持つ。性別を変えることはもちろん、極論を言ってしまえば、どこにでもいる一般人を偉人に書き換えることも可能なんだよな。

そしてその〝書き換え〟が大容量であればあるほど、変身までにかなりの時間を要する。

今回のパターンがそうだ。

シリアンを魔王に書き換えるという、常識的には考えられない離れ業を実施しているからな。いくら作中でぶっ壊れアイテムだった《パンデモニウムの刻限》であっても、完全に変換させるには時間がかかるのだろう。

つまりは存在が揺らいでいる今が、絶好の好機となるわけだ。

「シリアン、しっかりしろ！　おまえは魔王じゃない！　王国最強の剣士にして、ずっと俺の傍にいてくれた剣聖！　シリアン・ユーシアスじゃないか！」

「ガァ…………。シ、シリ■ン……」

「前に言ってくれたじゃないか！　俺をずっと守っていきたいって！　絶対に俺の傍から離れないって！　あの言葉が嘘だったたっていうのかよ⁉　おまえの覚悟は――その程度のものだったのかよ！」

「…………」

「違うだろ！　少なくとも俺は本気だったぞ！　王国を変える？　世界を変える？　みんなはそれを聞いて笑うだろうさ！　でもおまえだけは違った！　シリアンだけは――俺の覚悟を、俺の決意を、本気で受け止めてくれてたじゃないか！　それも嘘だっていうのかよ！」

「クァ……アアアア…………！」

「自分を取り戻せ！　そしてまた俺の元に戻ってきてくれ！　おまえならできるだろ！　世界最強の剣聖――いや、俺の付き人シリアン・ユーシアス‼」

「ル、ルーフェス、様……」

と。

俺の言葉が届いたか、魔王――否、シリアンからか細い声が聞こえてきた。

★　★　★

ここは、いったいどこだろうか。

ルーフェス様の声が聞こえてきて、真っ暗闇のなかをその方向に走り続けて。

自分の身体を書き換えようとしてくる力に懸命に抗ったら、いつの間にか温かい光に包まれていて。

地平線の彼方まで、ただひたすらに柔らかな光が広がっている空間――。

そんな不思議な場所で、私は呆然と立ち尽くしていた。

「ふう、俺の手助けは必要なかったみたいだな」

「え……？」

ふいに懐かしい声に呼びかけられ、私は思わず背後を振り返る。

忘れるはずもない。この声の主は――！

「バ、バルフ！　どうして……？」

「はは、嬉しいな。あれから十年以上たった今でも……俺のことを覚えてくれてるなんてよ」

私と同じ栗色の髪を綺麗に切りそろえ、紅の瞳にちょっと生意気そうな表情。

いつも私にちょっかいをかけてきては、楽しそうに笑い声をあげていた。

忘れるはずもない。

紛うことなき私の弟、バルフ・ユーシアスだ。

「ま、正確に言えば俺はバルフ本人じゃない。《パンデモニウムの刻限》ってのは、無意識下に眠るトラウマに付け入って、本人の存在を書き換える代物でな。俺という存在もまた、姉ちゃんの無意識下から書き換えられた人間でしかない」

「バ、バルフ……」

たしかに言葉遣いはバルフ本人とは異なる。

子どもの語彙力ではないし、そもそもバルフが《パンデモニウムの刻限》を知っているはずがないから。

けれど……それでも、私は。

「バルフ……！」

私は思い切り彼のもとに駆け寄って、バルフを抱きしめた。

「私、ずっと謝りたかった……！　あの時、バルフを傷つけてしまったんじゃないかって……！　私が余計なことを言わなければ、今でもバルフが幸せに過ごしていたんじゃないかって……！」

「はは……だから何年前の話だって」

バルフは力なく笑うと、そっと私の背に両手をまわした。

「謝りたいのはこっちのほうさ。子どもの小さな意地のせいで、どれだけ家族を苦しめちまったか……。大事な姉ちゃんを、どれだけ悲しませてしまったか……。後悔してもしきれねえよ」

「ううん、そんなことない！　だってそれは私の責任で……！」

「はは……。もういいのさ」

　こう言うなり、バルフはより強く私を抱きしめてきた。

「あの時は恥ずかしくて言えなかったけどな。俺は……姉ちゃんのことが大好きだった。意地っぱりで強情で――でも、俺のことをずっと気にかけてくれる姉ちゃんが」

「バ、バルフ……」

「姉ちゃんは姉ちゃんの人生を生きてほしい。止まってしまった俺の分まで、自分の進みたい道を行ってほしいんだ。――そうしてくれれば、俺もようやく安心できるってもんだよ」

「ぐず……。それはずるいよ。私のほうが年上なのに……」

「はは。まあ、最期くらいはかっこつけさせてくれって。ふがいなさで言えば、俺のほうがよっぽどだしな」

「…………」

「ルーフェス・アルデバランっていったか。ちょっと幼すぎるが、いい主に恵まれたじゃねぇか。きっとあいつについていきゃ、姉ちゃんの人生も安泰だろ。……ま、結婚は当分先になるだろうけどな」

「ふふ……。バルフにも負けないくらい、ルーフェス様も立派な人だからね」

「はっ、そりゃ違いない」

　バルフはそう言って、再び力なく笑みを浮かべる。

そして次の瞬間——私は気づいてしまった。

バルフの全身が、少しずつ薄れ始めていることに。

「バルフ……。もう、時間なの？」

「ああ。元より《パンデモニウムの刻限》の力によって引き起こされた奇跡の再会だ。せっかくの邂逅だが、まあ、これくらいが関の山ってもんだろ」

そう言われて、私は必死に今までの思い出を脳内で巡らせた。

今では剣聖と呼ばれるようになり、師匠まで私を褒め称えてくれること。

バルフの死に胸を痛めていた両親が、今では未来を見据えて頑張り続けていること。

ルーフェス様という素敵な主に出会って、王国に蔓延る不正を暴いていること。

そして何より——バルフを見捨てたリィスティア王国を是正するために、今でもルーフェス様と一緒に行動し続けていること。

バルフに話したいことは山ほどあった。

いろんなことを伝えて、バルフに喜んでほしかった。

けれど、残念ながらもうじき時間切れ。

彼の言っていた通り、私もいい加減、前を見据える時だろう。

「ありがとう、バルフ」

そう言いながら、刻一刻と姿を薄れさせていくバルフの手をそっと取る。

「私ももっと強くなって、剣聖としての責務を全うしてみせる。また昔のような悲劇を、絶対に繰り返させないために。――だからね」

とめどなく涙が溢れ出してくるのを懸命にこらえ、私は精一杯の笑顔を作ってみせた。

「安心して。もう二度と、私は立ち止まらないから」

「……はは、なんだよ。もう昔とは比べ物にならないじゃないか」

極限まで透明になりつつある右手で、バルフは私の頬に触れた。

「忘れないでほしい。俺もずっと、ここで姉ちゃんを見守り続ける。その調子で……自分の幸せを掴んでくれ」

ばたん、と。

バルフの手が力なく振り下ろされたのと同時、弟は空中に溶けて消えていった。

「ああっ……」

さっきまで弟のいた空間を抱きしめながら、私は我を忘れて泣き声を上げ続けた。

「うわぁぁぁあああああああ……‼」

★　★　★

戦いは無事に決着した。

魔王として書き換えられていたシリアンは、少しずつ理性を取り戻していき――。

そして柔らかな光に包まれたかと思いきや、晴れて元の姿に戻ったのである。

もちろん本人には強烈な疲労がのしかかっているようで、しばらくは療養が必要そうだけどな。王国軍の兵士たちも最後のテロリストを無事に制圧してくれたので、これにて事件は無事に解決したと見ていいだろう。

「おおお……！」

「風景が……！」

シリアンが解放されたのとほぼ同時に、周囲の光景も元通りになった。

荒れ果てた荒野から見慣れたパーティー会場へと変化し、兵士たちもそれぞれの手を取り合って喜びの声をあげていた。

「さすがはルーフェス様……！　一時はどうなるかと思いましたが、本当にあの化け物を倒してみせるとは……」

「はっ、別に倒しちゃいないさ」

兵士に声を投げかけられ、俺は地面で仰向けになっているシリアンを見下ろしながら呟く。

「本当に頑張ったのはあいつだよ。……本当に、よく乗り越えてくれたな」

俺はゆっくりと彼女のもとに歩み寄ると、その両手をぎゅっと握り締めるのだった。

エピローグ

それから数日後。

「ふう……」

俺は大きく息を吐きつつ、目の前にそびえる屋敷を見上げた。

――アルデバラン公爵家。

今生ではすでに見慣れている家のはずだが、しかし久々にここを訪れるとなんだか緊張するな。自分の家なのに、なんだか帰ってこられたことが奇跡のように感じられる。

「ふふ……。帰ってきましたね、ルーフェス様」

そんな俺を見て、隣に立つシリアンがにこやかに笑ってきた。

「緊張なさらずとも大丈夫です。昨日届いたお手紙は、紛れもなくレザードお父様の筆跡でしたから」

そう。

テロリストを撃退してからの数日間は、しばらく母ミューラが用意してくれた家屋に身を潜ませていた。いくら王女の身を守ってみせたとはいえ、俺は追われる立場だったからな。下手に姿を現せば不測の事態が起こりかねないため、少しの間だけ隠れることにしたのだ。

そして――事件から二日が経ったあたりだったか。

あのテロリストたちの正体は、王国覚醒党のメンバーではなく、帝国と共和国から送り込まれたスパイだった。

このような大ニュースが王国各地にて広がりはじめ、世間をざわつかせることになったのだ。

通常であれば、この事件も両国に握り潰されていたと思う。

シリアンの弟が遭遇した観光船事故と同じように、必死になって両国が揉み消しに走っていたことだろう。

けれど今回はそうならなかった。

何しろ現体制に違和感を抱くルリア王女が狙われたわけだからな。

この事件に乗じて両国の不正を国民に知らしめ、今の王国の在り方に疑問を投げかけたかったのだろう。

おかげで、現在は国内でも二大国への不信感が広まりつつある。

こうなってしまっては、帝国派および共和国派の貴族も動き出しづらいだろうからな。王女の命を狙っていた両国を庇い立てするわけにもいかないし、以前までのように露骨に活動できなくなったのである。

結果、帝国派に睨まれていた俺への圧力もほとんど消え去ることとなり——。

前述の通り、アルデバラン公爵家に戻ってきてくれと父から手紙が届けられたわけだ。

もちろん、すべて狙い通りの結末ではある。最初からこうなることを見越して、ルリア王女を助けることにしたわけだしな。

けれどまあ、緊張するものは緊張するんだよな。

レザードともミューラとも、しばらくは話せていなかったわけだし。

ちなみに今日に関しては、使用人たちの出迎えはない。久々に家に帰ってくる時くらいは、自分の手で家のドアを開けてみたかったからな。

そんな要望を手紙で送ってみた結果、希望通り、ドア近辺には誰も待ち受けていない状態だった。

「そうだ……シリアン」

屋敷に入る前に、俺は大事な付き人に声をかけた。

「わかっていると思うが、これで何もかもが平和になったわけじゃない。王国の体制そのものが変わったわけじゃないし、《パンデモニウムの刻限》のような危険な代物を秘密裏に作っているのが二大国だ。もし本当にリィスティア王国を変えていきたいと願っているなら――まだまだ、課題は山積みだろう」

「ええ……そうですね」

俺の言葉に対し、シリアンは神妙な面持ちで頷く。

「加えて、この事件を経て各貴族がどう動きだすかも気になります。束の間の平和が訪れたからこそ、その分、強烈な揺り戻しが引き起こされる可能性も考えられるでしょう」

「ああ。でもだからこそ、俺は今の王国を変えていきたいと思う。このままでは最悪の結末を迎えてしまうことが――なんとなくわかるからな」

「ルーフェス様……」

「俺もまだまだ未熟者だが、どうかついてきてくれ。シリアンが隣にいてくれれば、どんなに大きな夢でも、叶えられる気がするからさ」

「はい♪　ルーフェス様のいらっしゃるところなら、地の果てでもついていきますわ」

「はっ……よろしく頼むよ」

そう言って笑みを浮かべる俺。

ゲームのシナリオ的にも、物語はむしろここからが本番と言えるからな。

特に帝国が現在推し進めている計画の一つ――〝零のパンデモニウム計画〟はかなり厄介だ。

今回はシリアンだけが魔王化を果たすことになったが、それを全人類の人々で行うことで、帝国内で暗躍している過激派宗教組織の悲願を達成させる……。

そしてその陰謀に気づいた主人公ディシアが、全世界の人々の身代わりとなって、世界を滅ぼす最恐の悪魔となる……。

そんな感じのシナリオ設定だったはずだ。

ゆえに、やることはまだまだ山積み状態。まずはディシアにコンタクトを取りつつ、ルリア王女のコネを使って帝国にも取り入る必要があるだろう。ディシアにはまず間違いなく嫌われているので、一筋縄ではいかないが。

けれど、このままではディシアは自分一人で重荷を背負うことになるからな。

前世でさんざんゲームをやり込んできた者として、彼女の暴走は必ず止めなければならない。

俺も無事に家へ帰れたわけだし、今後はもう少し、シリアンと一緒にいてやれなくもない
(決して俺が彼女といたいわけではない、決して)。

トルトス村の住民にも手紙のお礼をしたいし、ニアレにも支援の感謝をしておかないとな。

このように、やりたいこと、やるべきことは沢山溜まっているが——まあ、今それを考えるのはやめておきたい。

一時的とはいえ、ようやく心身を休められる時間が訪れたのだ。しばらくはのんびりと過ごしていきたいところである。

そこまで思索を巡らせた俺は、改めて屋敷の扉をノックする。

と——。

「「ルーフェス——————っ!」」

「うおっ!」

ふいに屋敷から飛び出してきた両親に抱きしめられ、俺は思わず困惑するのだった。

「父上、母上、いったいどうしゃれたのですか……!」

「どうしたも何もない……!　大事な息子が帰ってきたのだ。これに喜ばない親などおるまい!」

「そうよ!　よく無事に帰ってきたわね、ルーフェス……!」

「ふ、二人とも……。何も泣くことはないでしょうに……」

けれど、どうしてだろうか。

大好きな両親に抱きしめられ、ふと安心している自分がいた。

いや――。

もしかしたら、それどころじゃないかもしれない。

「ふふ……。いくらお強くても、ルーフェス様はまだ八歳ですからね。久々の再会に涙が出てくることを、恥ずかしがることはないのですよ」

そう言って、シリアンは俺の目元を優しく拭ってくれた。

「さあルーフェス！　とびっきりの料理を用意してあるからな！　久しぶりに家族で食卓を囲むとするか！」

「まあ、ずるいわあなた。ルーフェスを抱っこするのは、母親たる私の役目なんだから」

先ほどもシリアンと話した通り、これはあくまで束の間の平和でしかない。

また時間が経てば、帝国と共和国が何かしらの動きをしてくることは想像に難くないだろう。

けれど今は、この平和を思い切り満喫するのも悪くないかもしれないな。

「ただいま。父上、母上」

そんな思いを胸に、俺は両親とともに屋敷に足を踏み入れるのだった。

――またしても肝心なところで噛んでしまったが、久々に帰ってきて舞い上がっていたってことで、一つ許してもらおう。

あとがき

突然ですが、何事も〝続けること〟は難しいですよね。

一念発起して試験勉強に取り組むも、数日経ったら飽きてしまう。

健康のために運動を習慣付けようとするも、結局は元通りの生活になってしまう。

このようなことは往々にして起こるものだと思います。

作中でも語られている通り、本作の主人公ルーフェスも、日本人だった頃は悲惨な人生を送っていました。

毎日のように残業をしまくって、無理がたたって過労死して、そしてリィスティア王国に転生して、そこは前世で何回もやり込んできたゲーム世界で——という形で物語が進行してまいります。

そこでルーフェスは気づくのです。

我ながらひどい前世だったけれど、その前世で徹底的にゲームをやり続けてきたからこそ今がある。

なかば現実逃避で打ち込んでいたゲームだけれど、そのおかげで異世界生活を満喫できているのだと。

私もそうでした。

昔から作家になりたいという夢があり、「読書」と「執筆」に時間を費やしてきました。

もちろん、いくら小説のために労力を割いたって、それがきちんと〝返ってくる〟かはわかりません。作家デビューの夢を叶えられぬままになってしまう可能性もあるのです。

やっても実になるかはわからない。

なんの結果も得られないかもしれない。

それでもこうして書き続けてきたことが、作家デビューという道に繋がったのではないかと考えています（もちろん私もまだまだ未熟なので、今後も引き続き成長してまいります）。

もしこれを読んでいるあなたにも、なにかそうした〝続けたいもの〟があるのなら。

ルーフェスと同じように、前を見据えてそれに取り組み続けてみる。

本作がそうした作品になっていれば幸いです。


さて、最後になりましたが謝辞を。

担当のF様とH様、いつも丁寧なご対応をありがとうございます。お二人いただく感想はとても励みになっていますし、いつも真摯に作品に向かってくださって助かっております。

イラストレーターのでんきちひさな様。本作のキャラクターや世界観を、とても魅力的に表現してくださりありがとうございました。でんきちひさな様の描く素敵なキャラクターのおかげで、私の創作意欲もぐんぐん高まってまいりました。

そして最後に、本作を手に取ってくださっている読者の皆様。

本編後にこれを読んでくださっている方も、先にこちらに目を通している方も、まずは本作に興味を示していただいたこと自体が嬉しいです。ありがとうございます。

本作は私の全力をぶつけました。

少しでも楽しんでいただけましたら幸いでございます。

また本作を読んで感じたこと、こうしたほうがもっと面白くなると感じることがありましたら、いつでも作者のX（旧ツイッター）にメッセージをお送りくださいませ。

お返事は約束しかねますが、前述の通り、私もまだまだ未熟です。

より成長できるように精進してまいりますので、もしなにかありましたら、遠慮なくご意見くださいませ。


それでは、これにて失礼致します。

本作を通して、あなたが少しでも楽しさを感じていただけましたら嬉しいです。

では、お目通しくださりありがとうございました。

どまどま

ちっこい俺は巻き込まれたくないっ！
転生したら悪役貴族だったけど、前世の知識としゅごい魔法で理想の領地をつくります

2024年12月27日　初版第1刷発行

著　者　どまどま

発行人　菊地修一

発行所　スターツ出版株式会社

〒104-0031　東京都中央区京橋1-3-1　八重洲口大栄ビル7F
TEL　03-6202-0386（出版マーケティンググループ）
TEL　050-5538-5679（書店様向けご注文専用ダイヤル）
URL　https://starts-pub.jp/

印刷所　大日本印刷株式会社

ISBN　978-4-8137-9402-8　C0093　Printed in Japan

[どまどま先生へのファンレター宛先]
〒104-0031　東京都中央区京橋1-3-1　八重洲口大栄ビル7F
スターツ出版（株）　書籍編集部気付　どまどま先生